JAVIER RUEDA

UTOPÍAS DE BARRA DE BAR

VIDA EN COMÚN Y FUTUROS RURALES EN LA ESPAÑA VACIADA

En abril de 2024, un jurado compuesto por Belén Gopegui, Marta García Aller, María Álvarez y los editores Jorge Lago y Carolina del Olmo otorgó el I premio Utopías que caben en el BOE a *Utopías de barra de bar*, de Javier Rueda. Resultaron finalistas *Hacer mundo*, de Carlos Corrochano y *Vida de ricos*, de Emilio Santiago. Este premio ha sido posible gracias a Festín.

¿ES POSIBLE?

Primera edición, mayo de 2025
Primera reimpresión, septiembre de 2025

Calle Alcalá, 42
28014 Madrid

Colección ¿Es posible?
Diseño de colección y cubierta: Ana Nuño
Maquetación: Elena Iglesias Serna
Corrección: Andrea Vila
Impreso en España por Kadmos

www.lenguadetrapo.com
www.circulobellasartes.com

ISBN: 978-84-8381-308-9
Depósito legal: M-9437-2025

ÍNDICE

1. INTRODUCCIÓN

1.1. «Todo pasa en los bares»

Lo decía el abuelo de una amiga: «Un bar representa a la sociedad. Tienes a los pobres y a los ricos, a los buenos y a los malos, a los tontos y a los listos, a todos los puedes ver allí, *como si fuesen iguales*». Si obviamos el tradicional sesgo masculino que estos espacios de sociabilidad han venido gastando, no le faltaba razón a Miguel. En muchos bares ocurre como en las comedias de costumbres de Lope de Vega, las revistas musicales de Francisco Alonso o una *sit-com* cualquiera: los personajes-tipo van entrando y saliendo de escena, interactuando con iguales y diferentes a lo largo de una barra de cinc, madera o mármol. Para más inri, cada persona tiene su bar de confianza: al igual que de quien dice no escuchar música, tendemos a desconfiar de quien no tiene uno o dos de referencia, hasta el punto de que muchas biografías se pueden reducir a una lista de bares: del bar de infancia al del pueblo, del que vio nacer el primer amor al de la última ruptura.

Son tan importantes como inasibles. ¿Qué es un bar? Muchas cosas a la vez: hito de la cotidianidad y las horas muertas, reflejo nocturno de neón y ruido de platos apilados, un símbolo de la mayor de las ordinarieces en sus tres acepciones: lo ordinario como algo común, como algo vulgar y como algo que nos ordena[1]. Si nos preguntan si un bar es identidad, memoria o controversia, es probable que respondamos afirmativamente, pero que al tiempo no seamos capaces de desarrollar la reflexión mucho más allá de algunos tópicos comunitaristas o melancólicos propios de un anuncio de refrescos. «Bar» puede definir todo espacio, comercial y de pública concurrencia, donde comemos y bebemos en compañía, aunque sea en la de quien nos sirve. Al mismo tiempo, «bar» no solamente remite al hecho gastronómico,

1 Esta triple aproximación es defendida por el grupo de investigación *Sociología Ordinaria*, de la Universidad Complutense de Madrid.

sino a estar juntas, a una asamblea mínima rutinaria que surge, por lo menos en nuestro territorio, en toda agrupación humana de más de cuatro casas.

La pluralidad, ambivalencia y ubicuidad de los espacios comerciales del comer y beber en compañía nos ha llevado a cierta mística de lo tabernario, rastreable en canciones, poemas, películas y anecdotarios populares, pero también aprovechada en promociones de todo corte y calado, e incluso en campañas electorales. Aún se recordará ese *momentum* político, durante la pandemia de COVID-19, en el que el cierre de los bares (o la imposibilidad de tomar cañas) se opuso a un concepto tan polisémico como el de libertad, lo que contribuyó en 2021 tanto a la victoria de la derechista Isabel Díaz Ayuso en las elecciones a la Asamblea de Madrid como al descrédito del sociólogo y presidente del CIS, José Félix Tezanos, que escribía con tono despectivo sobre la «tabernidad» de los votantes de la presidenta.

Esta mística nos lleva del costumbrismo del Reynols de *Aída* al grotesco *El Bar* de Álex de la Iglesia, del olor a sal del *Bar* de Concha Méndez a la marginalidad de *La Taberna Fantástica* de Alfonso Sastre. Algo tienen en común todas las aproximaciones artísticas a lo tabernario: los espacios del comer y beber en compañía se abordan no como problema público o como asunto político, sino desde una melancolía que mueve a la inacción o desde una idealización que borra de sus mesas y sillas todo atisbo de conflicto. Esto choca con unos espacios que, según el informe de la Asociación de directoras y gerentes de servicios sociales de España, *La dimensión social de la hostelería* (2022), favorecen las relaciones directas, evitan el aislamiento y la soledad, aportan seguridad a su entorno, proporcionan asistencia en aquellos lugares donde no llegan los servicios sociales e incentivan la cohesión social y la integración. La importancia de los bares en la vida cotidiana de la sociedad española obliga a una definición más amplia y «política» de los mismos: podríamos entenderlos como un dispositivo cultural, regulador y regulado, que facilita, cataliza, ordena y regula nuestras prácticas culturales cotidianas, reubicando los sentidos de lo común, lo público y lo político. También podríamos definirlos como un espacio comensal donde se juega con la inclusión y la exclusión, con la jerarquía y la igualdad (Fischler, 2011), un espacio de aparición que diría Hannah Arendt (1993), un espacio, en definitiva, de imposición y negociación de relaciones de poder de todo tipo.

Avancemos un poco más hacia nuestro objetivo. Si ya en las ciudades grandes y medianas los espacios del comer y beber en compañía han sido fundamentales para articular la sociabilidad ordinaria, en lo que ha venido a llamarse «la España vaciada»[2] la cuestión se vuelve crítica. En el citado informe, las directoras y gerentes de servicios sociales destacaban que en las zonas rurales se valoran con mayor énfasis todavía las funciones sociales de los bares, ya que se considera que su presencia es fundamental para paliar los efectos de la despoblación (Asociación de directoras y gerentes de servicios sociales de España, 2022). Podemos encontrar ejemplos también fuera de España, como el trabajo de investigación de Ignazio Cabras sobre los *pubs* de Irlanda: ante la falta de servicios en muchos distritos rurales del país, estos espacios tradicionales del comer y beber en compañía y sus dueños/as se convierten en nodos de empleo, negocio e intercambio social para las comunidades locales (Cabras y Mount, 2017; Cabras, 2016). En el caso de España, los bares en zonas de extrema despoblación cumplen también un papel múltiple: son espacios de distribución de servicios públicos,

2 El entrecomillado se debe a la enorme variedad de conceptos similares que se han popularizado en los últimos años: *La España vacía* (Del Molino, 2016), *La España despoblada* (Campo Vidal, 2020), *La España abandonada* (Lens y otros, 2020), etcétera, cada uno con matices —y prejuicios— respecto al fenómeno. Se ha optado por «la España vaciada» por ser el más extendido actualmente.

cuidados o noticias y operan como genuinas infraestructuras sociales (Klinenberg, 2021) hasta el punto de que podríamos diferenciar, dentro de la España vaciada, dos paradigmas contrapuestos: aquellas zonas en las que todavía vive gente, con los índices de bares por habitante más elevados de España, y aquellas que están completamente abandonadas o al límite de la despoblación absoluta, y donde la última señal de su fatídico destino suele ser el cierre del bar del pueblo. Esto se observa claramente si comparamos, en la Figura 1, el mapa de bares por habitante con el mapa de la despoblación en Castilla-La Mancha, una de las comunidades más afectadas por este fenómeno, y comprobamos que los municipios en situación de extrema despoblación se caracterizan o por densidades altísimas de bares por habitante o por su desaparición absoluta.

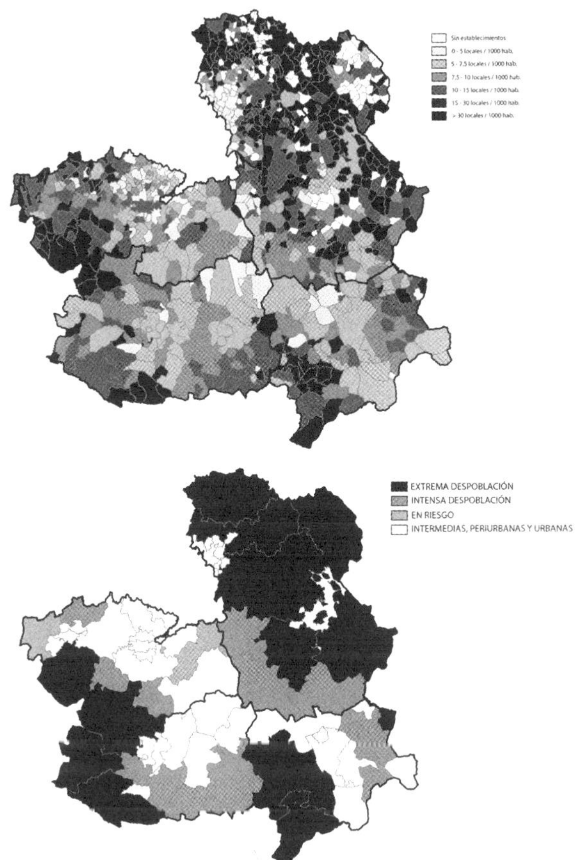

Figura 1. Arriba, bares por habitante y municipio en Castilla-La Mancha (2020). Abajo, mapa de la despoblación en Castilla-La Mancha (2021). Fuente: Espacio de Datos Abiertos de Castilla-La Mancha

Hasta aquí la foto fija: los bares, en sentido amplio, son servicios de proximidad fundamentales para la vida cotidiana y la conformación política, identitaria y comunitaria de las sociedades tanto urbanas como rurales, pero se ha profundizado poco o nada en ellos a nivel teórico. Probablemente sea debido al «olvido» de la alimentación y de la vida cotidiana que acusan desde sus inicios las ciencias sociales (Poulain, 2017) o la filosofía política, demasiado ocupadas en hechos sociales institucionales o económicos de mayor escala y envergadura; o quizás por el carácter privado y en muchas ocasiones atomizado de estos negocios. Dicho olvido no nos impide darnos cuenta de que un fenómeno tan identitario como son «los bares de toda la vida» está sufriendo una transformación radical. En primer lugar, a pesar de la aceptación generalizada del consumo social de alcohol, este ha disminuido de manera consistente durante los últimos años, sobre todo entre la población más joven (Llamosas-Falcón y otros, 2022). En segundo lugar, en términos económicos y a nivel estatal, el número de establecimientos de bebidas sin asalariados (donde se suele incluir el modelo de «bar de toda la vida») ha descendido de 71.120 en 2015 a tan solo 42.319 en 2023, más de un 40% de caída. El valor de la producción, en cambio, no ha hecho más que subir, con la excepción de los años de pandemia, concentrándose cada vez más en grandes empresas y grupos de inversión.

En el entorno urbano estas tendencias son claras. A lo largo de los últimos años, los procesos de gentrificación y turistificación en las ciudades españolas se han intensificado (Jover y otros, 2023; Sorando y Ardura, 2020), transformando con ello por completo los espacios comerciales del comer y beber en compañía y dando lugar a subprocesos específicos como la gastrificación, que describe la tendencia a la normalización repetitiva de cartas en los bares y restaurantes de los centros urbanos (Couceiro, 2023), y la baretización o tematización del consumo y el ocio en forma de veladores, bares y restaurantes (Berraquero, 2016). En el escenario urbano, desde hace al menos dos décadas, el pequeño comercio, y muy especialmente la restauración, se ha convertido en una pieza clave en las luchas por el derecho a una ciudad habitable.

En el medio rural la transformación de los espacios comerciales del comer y beber en compañía toma un cariz mucho más dramático. ¿Qué está ocurriendo en los pueblos pequeños que sufren despoblación? Los bares del rural no se están gourmetizando, ni están introduciendo indiscriminadamente bollos de pan *bao*, *gyozas* o tartar de atún en sus cartas. Lo que está pasando con los bares de la España vaciada es que están cerrando. Aun suponiendo un porcentaje nimio de la población estatal total, en 2022 un total de 142.781 personas vivía en alguno de los 1.435 municipios españoles que se han quedado sin bar, un 17,7% de los municipios del país (Asociación de directoras y gerentes de servicios sociales de España, 2022). Sus cierres suponen la puntilla a un proceso silencioso que lleva décadas dificultando la vida en las zonas que ahora vienen a llamarse «de extrema despoblación».

Lenta pero inexorablemente un relato melancólico y fatalista se abre paso en las páginas de Sociedad de los periódicos nacionales, en busca de historias lacrimógenas: «El bar, la última trinchera de la España vacía» (Roiz, 2024), «Castilla y León se vacía de vida: 780 pueblos no tienen bar» (Fernández, 2022), «La España que tiembla si le cierran el bar» (Sosa Troya, 2022), junto a una larga lista de municipios cuyos nombres aparecen por primera vez en la prensa y solo para anunciar su más que posible sentencia de muerte. Parece que ya no queda nada que hacer, parece incluso que es el resultado lógico de fuerzas inconmensurables (llamémoslas Historia, Destino, Progreso) actuando sobre nuestras formas de vida. ¿Por qué creemos que el proceso de gentrificación, turistificación y gourmetización de nuestros barrios en las grandes ciudades puede tener soluciones, organizadas y colectivas, pero cuando miramos a los pueblos de nuestras abuelas y abuelos la mirada se nos tiñe de sepia, beige o gris granulado? ¿Qué nostalgias pesimistas nublan nuestra mirada utópica cuando miramos el paisaje desde una autovía, viajando de un gran núcleo urbano a otro? ¿Es Utopía necesariamente un nombre de ciudad? La nostalgia, escribe Sergio Del Molino (2016), es una forma suavizada y resignada del miedo, y podemos afirmar que vivimos un momento histórico donde el miedo es el principal generador de imaginarios políticos. En la época en la que autores como Mark Fisher han levantado la voz contra la ideología del realismo capitalista, tan representado por el «no hay alternativa» thatcheriano (Fisher, 2016), ¿podemos retomar un pensamiento utópico pero realista que vuelva a imaginar futuros posibles sin caer en la parálisis nostálgica?

Tomemos como ejemplo los bares de la España vaciada, su desaparición y su relación con los procesos de destrucción de comunidades de sentido completas. Tomémoslo incluso como caso práctico, urgente y necesario para responder a estas cuestiones, y hagámoslo antes de que las enormes fuerzas del pragmatismo pesimista se apunten otra victoria, antes de que se desvanezcan estos espacios clave para la sociabilidad ordinaria, o peor, que se vuelvan irreconocibles al tornarse en otra atracción turistificada de fin de semana para nuestros brillantes centros de poder. Pero para evitar el fútil idealismo utopista, partamos de una premisa empírica: que se trata de un problema que no solo perciben las «mentes preclaras» de la filosofía y las ciencias sociales. Más lejos aún, asumamos que ya se están haciendo cosas para tratar de afrontar el cierre de los bares y la despoblación en el mundo rural. Una pregunta incómoda acompaña: ¿es suficiente?

1.2. Se está haciendo ya

1.2.1. Iniciativas-marco generales, o la burocracia lampedusiana

Si algo tienen claro quienes viven en muchos municipios pequeños es que «ahí arriba», en Europa o en Madrid, hay gente «haciendo cosas». Aproximadamente el 35% de los fondos de cohesión de la Unión Europea están asignados a entornos rurales, y se estima que hasta 2027 el FEADER (Fondo Europeo Agrícola de Desarrollo Rural) destinará a España más de 7.500 millones dirigidos a cumplir los objetivos de la Política Agraria Común y del Pacto Verde Europeo. Sin embargo, existe también la percepción generalizada de que hay un desequilibrio enorme entre la cantidad de proyectos de financiación, desarrollo o innovación en torno al rural y la materialización de estos en el día a día de quienes lo habitan.

Incluso haciendo un resumen muy somero del panorama, en el contexto de las iniciativas-marco generales la sopa de letras está servida. Al FEADER, la PAC y el Pacto Verde Europeo podemos sumar el también europeo Programa LEADER, que promueve la participación de las comunidades locales en el desarrollo, gestión y mejora de la economía, infraestructura y cohesión social de las áreas rurales a través de los GAL (Grupos de Acción Local), compuestos idealmente por representantes del sector público, privado y de la sociedad civil. Si bien estas iniciativas han demostrado ser útiles para aumentar la calidad de vida y —sobre todo— la afluencia turística en las zonas beneficiadas (Hernández Flores y otros, 2024), su efecto se ha limitado principalmente a zonas rurales periurbanas, más pobladas y desarrolladas, con lo que han aumentado la brecha con la España Vaciada (Soler Vaya y San-Martín González, 2023; Cárdenas Alonso y Nieto Masot,

2022; Cejudo-García y otros, 2022). A nivel estatal se podría destacar la apuesta, algo más interesante, por los CIT (Centros de Innovación Territorial) que propone el Ministerio para la Transición Ecológica y el Reto Demográfico. Estos centros tienen por objetivo fortalecer las zonas despobladas a través de la creación de espacios físicos donde se promuevan proyectos de transición ecológica, igualdad de género o cohesión territorial: hasta el momento se han abierto de momento once en toda España. Por último, en tanto que responsables más directos de gran parte de la implementación de fondos europeos como los FEADER, las comunidades autónomas desempeñan un papel crucial a través de los PDR (Proyectos de Desarrollo Rural), orientados a fortalecer la economía rural, la agricultura y el medio ambiente, o mediante leyes como la castellanomanchega contra la despoblación, que propone un enfoque integral para abordar las causas y efectos del despoblamiento en zonas rurales e implementa mecanismos de garantía rural como el *rural proofing*, una revisión crítica de las normativas y políticas públicas para asegurar su impacto positivo.

Para todas estas iniciativas, que oscilan entre las llamadas a la innovación y un nada bien disimulado postureo electoralista, lo rural se convierte en un asunto de intervención, más o menos participativa y con un carácter casi biopolítico, una retahíla de pruebas y procesos de ensayo-error que acaban decayendo, perdidas en un laberinto burocrático del que suelen aprovecharse los sectores más vinculados a la ciudad y los viejos caciques de siempre, un «Si queremos que todo siga como está, es necesario que todo cambie», parafraseando la tan manida cita de *El Gatopardo*. Por otra parte, en el caso que nos atañe, estos planes grandilocuentes se traducen normalmente en proyectos de inversión o de emprendimiento tan abstractos que no llegan siquiera a rozar una vida cotidiana que parece habitar mundos diferentes. Ni que decir tiene que las palabras «bar», «comercio», «casa» o «plaza» no tienen cabida en sus textos.

La iniciativa legislativa del partido Teruel Existe en 2023 buscaba la modificación de la Ley de Economía Social para que incluyera como entidades de economía social a «los establecimientos de hostelería y restauración situados en pueblos de menos de doscientos habitantes, y los pequeños comercios, incluida la venta ambulante, que prestan sus servicios en pueblos de menos de doscientos habitantes» (Guitarte Gimeno, 2023). Aunque decayó como consecuencia del adelanto de las elecciones generales, se trataba de un proyecto que hacía, al menos de forma tímida, una referencia explícita a las tramas cotidianas de la España vaciada. También es de justicia rescatar iniciativas privadas pero con vocación experimental y sin ánimo de lucro como son CTIC RuralTech en Asturias, creada para promover el desarrollo tecnológico y sostenible en áreas rurales y que dice funcionar como «laboratorio vivo» en el que se prueban soluciones de «inteligencia territorial» colectiva, o la Red de Espacios Test Agrarios (RETA), que tiene como objetivo principal apoyar la creación y dinamización de espacios donde emprendedores/as agrícolas pueden probar sus modelos de negocio en un entorno controlado. Estos proyectos, pese a tener una orientación casi exclusivamente empresarial e institucional, al menos aplican la idea de lo experimental, que podríamos recuperar con una vocación más vanguardista para la propuesta que aquí traemos.

1.2.2. Arreglos municipales, punkismos rurales

Donde sí que se habla del cierre de los bares y de posibles soluciones es en los propios municipios de la España vaciada. Como veremos más adelante, se están poniendo en marcha toda una serie de iniciativas que no podrían definirse mejor que como un *do it yourself* rural y pragmático y que buscan evitar el cierre definitivo del bar en tanto que sinécdoque de la vida del pueblo entero. Incentivos fiscales, ayudas al alquiler, pagos directos del erario, pero también proyectos comunales y autogestionados, remunicipalizaciones y diálogos interculturales están desplegando, fuera del campo de visión estatal-urbano, formas ingeniosas y rupturistas de revitalizar muchos pueblos desde el bar en unas coordenadas que nos recuerdan al tan denostado feísmo gallego, definido por una empresa que tiene por bandera un galleguismo *soft* como «canibalismo turístico: construcciones que no encajan en el paisaje, a medio terminar, que rompen la armonía estética y funcional del paisaje» (Mundo Estrella Galicia, 2024). Se plantea, por lo tanto, un debate nada fácil entre los pueblos-paisaje, los pueblos-museo y el «lo hacemos y ya vemos» característico de muchas prácticas culturales populares, que queda relegado al territorio de lo bárbaro y lo incivilizado, una vez más.

En paralelo, ritmos nuevos y sabores antiguos llegan de muchos rincones del rural del Estado: Piloña en Asturias y el proyecto de La Benéfica, donde se ha recuperado un teatro-casino para convertirlo en centro cultural que hace las veces de espacio de encuentro de la zona, Monterroso en Galicia con Agrocuir, un festival anual que fusiona la agroecología con prácticas disidentes LGTBIQ+, Pinilla del Olmo en Soria y su Festival del Amor, un evento cultural en una aldea prácticamente despoblada en el que se transforma el pueblo en escenario para todo tipo de intervenciones artísticas, etcétera. Estos son solo algunos ejemplos de un nuevo empuje cultural «neorrural» (muchas de las personas implicadas renegarían de este concepto) que despierta curiosidad a vecinas y extraños. Con fórmulas de éxito sobre todo en el panorama musical, de la mano de artistas como Califato ¾ en Andalucía, Baiuca en Galicia, Rodrigo Cuevas en Asturias o El Nido en Burgos, este ritmo nuevo que haría bailar a más de una abuela se está dejando oír en las ciudades, en los centros de poder, haciendo que los jóvenes se pregunten «¿Sería posible?» y los viejos se planteen «¿Funcionará esta vez?», remitiendo a una contrahistoria aún no escrita de lo rural.

¿Hacia dónde señala este mapa precario que estamos dibujando con ampulosas leyes, bares cerrados, alcaldes involuntariamente postpunk y la maldición milenaria de la despoblación? ¿Dónde está nuestro punto de llegada, las coordenadas con una gran equis bajo la cual hay, al menos, la promesa de un viaje?

1.3. La propuesta

Debemos hacer de la necesidad virtud y cambiar la retórica de la pérdida, de las poéticas de la nostalgia, por una pragmática experimental. ¿Están desapareciendo los bares de la España vaciada? No hay que salvarlos, hay que reinventarlos. Los espacios comerciales del comer y beber en compañía, lo hemos visto, son espacios funcionales necesarios, pero también potenciales heterotopías (Foucault, 2004) desde las cuales pensar y hacer el medio rural, espacios «otros» con significados, interpretaciones y formas de habitar múltiples que desafían las convenciones sociales y pueden convertirse en lugares de reflexión e imaginación de realidades políticas alternativas. Sus dos características sociológicas clave, a saber, su polivalencia funcional y su pluralidad territorial (¿es lo mismo un teleclub en Segovia que una bodega en Albacete o una venta en Galicia?), son ideales para experimentar desde ellos, para plantear una suerte de «test de instalación» sociocultural. En los bares se encuentran dos paradigmas: el del requerimiento de satisfacer una serie de necesidades básicas (comer, beber y «estar» como derechos) y el de la necesidad de articular arenas públicas (Cefaï, 2002), de construir espacios del estar juntas como prerrequisito inevitable a la hora de imaginar horizontes emancipatorios. Por todo esto proponemos defender los bares rurales no solo como parte de la economía social, sino como equipamientos públicos a considerar en el planeamiento y en las estrategias contra la despoblación.

Si conseguimos pensar un dispositivo-bar inclusivo y plural, si analizamos los mecanismos mediante los que se relaciona la utopía con la «carne y piedra» (Sennett, 1994) del entorno construido, si resolvemos las problemáticas de conceptos ambiguos como los de «equipamiento urbano» o «suelo dotacional», tan de actualidad por la crisis habitacional en las grandes ciudades, si conseguimos todo lo anterior, podremos proponer una Ley de Casas Públicas Rurales, siguiendo la etimología de los archiconocidos *Pubs* anglosajones (de *Public Houses*), que operen como centros de coordinación entre iniciativas institucionales y populares, equipamiento público e infraestructura social, medio de comunicación horizontal y lugar de encuentro.

En las páginas siguientes revisaremos, en primer lugar, el marco teórico-político y, a continuación, los debates regulatorios y las figuraciones utópicas que dan lugar a la propuesta. Finalmente se plantea un ejercicio prospectivo de imaginación política en torno a las posibilidades que despliega esta utopía práctica. La pregunta política transversal que atraviesa este ensayo es si podemos reformular el «derecho a la ciudad», entendido tanto desde la participación activa en la creación y organización de los espacios urbanos (Lefebvre, 1973) como desde el control colectivo sobre los procesos de urbanización y la redistribución del espacio público (Harvey, 2008), como un «derecho al pueblo» que sirva para repensar nuestras políticas y pragmáticas del vivir-juntas (Cefaï, 2011).

2. TEORÍAS Y PRÁCTICAS TABERNARIAS

La problemática del vivir-juntas alcanza tanto a los grandes relatos de la teoría política y la historia como al largo café que un hombre viudo toma a las siete y media cada mañana al fondo de una barra, o a la esperada cena que reencuentra a dos amigas después de varios años en una ciudad que ya no reconocen. En consecuencia, podemos abordarla tanto desde algunos de los principales debates filosóficos contemporáneos como desde puntos de partida algo más encarnados y situados. En la primera parte de este capítulo plantearemos ese viaje teórico del espacio filosófico abstracto al espacio social concreto en torno a la comensalidad. En la segunda parte, aplicaremos estos debates a las prácticas históricas del vivir-juntas en los espacios comerciales del comer y beber en compañía.

2.1. Espacios del comer/vivir/estar juntas: comunidad, conflicto, asamblea

Hablar de bares y de vivir juntas es hablar de comensalidad. Pero lo comensal es un ámbito complejo, ya que en su etimología remite al aún más complejo terreno de lo comunitario y además ha sido estudiado desde prácticamente todas las ciencias sociales. Valeria Campos Salvaterra (2023) va aún más allá y defiende que el comer-juntas supone la base del vivir-juntas, de lo común. Desde estas coordenadas, algunos debates filosóficos contemporáneos pueden tamizarse para extraer de ellos algunas de las tematizaciones actuales del comer juntas, equiparable al fin y al cabo al vivir juntas, al estar juntas.

Podemos abordar en primer lugar el largo debate en torno a la justicia distributiva, inaugurado al menos en su versión contemporánea por *Teoría de la Justicia* de John Rawls (2006 [1971]). Rawls defendió una perspectiva de la justicia como equidad, una suerte de distribución equitativa de recursos materiales que solo contempla la posibilidad de desigualdades económicas si benefician a los menos aventajados, mientras que sus críticos, principalmente Amartya Sen, proponían ampliar esta visión de la justicia a la consecución de la igualdad de oportunidades y libertades efectivas para lograr una vida plena (Sen, 2009). Pero lo que aquí nos interesa es una variante apócrifa de este debate: la conversación entre Nancy Fraser y Axel Honneth en torno a la justicia como redistribución o como reconocimiento (Fraser y Honneth, 2006). Fraser propone que la justicia debe ser vista como una mezcla de redistribución (justicia económica) y reconocimiento (justicia cultural-identitaria), y plantea que la resolución de todo problema relacionado con la justicia se debe resolver en dos niveles: a través de la redistribución de recursos y del reconocimiento de la dignidad y el respeto en términos de género, raza o identidad cultural. Honneth le da una importancia mucho mayor al reconocimiento como base última de la justicia, ya que (desde una lectura hegeliana) su ausencia precedería a toda desigualdad redistributiva.

Este debate es interesante, en primer lugar, porque la despoblación en España ha sido abordada casi en exclusiva desde la perspectiva de la redistribución, entendiendo que las causas son eminentemente laborales y económicas, como la globalización, la pérdida de peso del trabajo agrario, el aumento del empleo asalariado y la ruptura de los vínculos familiares (Camarero, 2017a; 2017b), o demográficas, como la migración de las mujeres a la ciudad y la consecuente masculinización de la población que permanece en el campo (Camarero y Sampedro, 2008) o la disminución de la natalidad (Cortés Ruiz e Ibar Alonso, 2021). En segundo lugar, porque algo similar ha ocurrido en la sociología de la alimentación, que suele entender los problemas alimentarios como una cuestión económica y de movilización de recursos (Poulain, 2017). Que se haya puesto el foco en la redistribución sobre el reconocimiento tanto en las políticas públicas como en la investigación académica en torno al mundo rural da buena cuenta de por qué los habitantes de la España vaciada se han sentido poco escuchados. Si rescatamos el famoso eslogan de la sufragista estadounidense Helen Todd, «Pan para todos, y rosas también», en referencia a la reivindicación inseparable de salarios justos y de condiciones de vida dignas, podemos preguntarnos dónde están las rosas, la dignidad o el reconocimiento hacia los habitantes de tantos municipios pequeños que se perciben como parte del problema por no sentir orgullo ni esperanza acerca del futuro de sus comunidades. Un espacio comensal para el estar juntas, en consecuencia, no debe preocuparse en exclusiva por la distribución de unos servicios alimentarios y de reunión básicos: debe ser un lugar de escucha tanto en el resultado como en el proceso de su construcción, que trate de reconocer las prácticas culturales rurales que han sido relegadas históricamente al territorio conservador e inmovilizante de la tradición o, peor aún, del folclore.

El segundo debate es aquel que enfrenta el republicanismo y el comunitarismo. A pesar de tener multitud de declinaciones, aquí podemos centrarnos en sus propuestas a la hora de confrontar el liberalismo individualista y sus consecuencias. El republicanismo, con autores como Quentin Skinner, propone una definición de libertad como «no-dominación», así como una ciudadanía no concebida solamente como derecho sino como práctica virtuosa. Según esta visión los ciudadanos deberían participar, además de en la elección de sus representantes, en la deliberación pública, enfatizando esta participación activa como un modo de evitar la dominación y promover una ciudadanía activa (Skinner, 2002). El comunitarismo, normalmente representado por Charles Taylor, centra su crítica al liberalismo en la atomización y pérdida de identidad del individuo, defendiendo que el sentido de este reside en las comunidades de las que forma parte. La política en este caso debería reconocer los lazos culturales comunitarios y un «bien común» adaptado a cada caso, que no quede diluido en el institucionalismo republicano (Taylor, 2006).

¿Qué tienen que ver las cuitas entre Skinner y Taylor con un bar de pueblo? Mucho más de lo que se podría esperar. Al fin y al cabo, la sociabilidad comensal ordinaria en los bares de la España vaciada se mueve entre dos atmósferas bien distintas. Por un lado, una atmósfera comensal y de reunión entre afines, ya sea familiar o políticamente, que se reúnen voluntariamente y le dan a su interacción un cariz de privacidad o de intimidad. Por el otro, una atmósfera pública y de coexistencia basada en cierta obligación de encontrarse con personas diferentes y/o desconocidas, con las que se tiende a evitar comentarios o prácticas que puedan generar controversias, pero ante las cuales se habla como público legítimo en caso de haberlas. Los espacios comerciales del comer y beber en compañía se encuentran, por lo tanto, en un equilibrio inestable entre la necesidad de encuentro comensal con las comunidades de afines y la participación o deliberación ciudadana en torno a los más diversos asuntos públicos, afrontando pragmáticamente las tensiones entre republicanismo y comunitarismo desde una pregunta muy concreta: ¿quién se sienta a la mesa?

Esto nos lleva necesariamente al último debate que nos interesa: el que surge con la propuesta de democracia deliberativa de Jürgen Habermas y la contestación de pensadoras como Iris Marion Young, que busca cómo integrar voces diversas (y normalmente ignoradas) en los procesos de deliberación pública. En su trabajo *La democracia y el otro*, la autora critica el modelo habermasiano de democracia deliberativa por privilegiar unos discursos racionales, «objetivos» y organizados que suelen favorecer culturalmente a grupos sociales ya privilegiados. Frente a ello, Young propone un modelo de «democracia comunicativa» que incluya otras formas comunicativas como los saludos, la retórica o la narratividad para ayudar al entendimiento colectivo sin borrar las diferencias individuales (Young, 1997). El trabajo viene a reivindicar modelos democráticos más plurales y pone de manifiesto la dificultad de incluir al «otro» en nuestros propios espacios más allá de una nominal igualdad de acceso que de facto profundiza las violencias y desigualdades ambientales.

Para cerrar este breve repaso, imitemos a Sara Ahmed cuando en *Fenomenología queer* destripa la «mesa de Husserl» para explicar cómo objetos, normas y otros cuerpos orientan y desorientan nuestras prácticas, nuestra percepción del entorno y nuestro sentido de pertenencia (Ahmed, 2019). Si mañana, martes de noviembre, llego al único bar de un pueblo de la España vaciada a las doce del mediodía, pido un tercio, me siento en la barra y me pongo a mirar a mi alrededor, ¿qué puedo sacar en limpio? Podré observar que en las mesas y taburetes se sirve o se pone en juego a través de miradas y gestos el reconocimiento, pero también el rechazo y la desconfianza. Atendiendo a los cuerpos que habitan el bar, al mío mismo como especie invasora de una cotidianidad rota, veré cómo se establecen lazos comunitarios más o menos visibles, pero también potenciales acontecimientos (noticias, comentarios, polémicas, malentendidos) que nos vuelven repentinamente ciudadanos y ciudadanas en busca de un auditorio ante el que exigir que se escuche nuestra voz. También, junto a todo esto, estaré asistiendo a unas prácticas que voluntaria o involuntariamente despliegan lógicas de inclusión y de exclusión, figuraciones comunitarias que dibujan los límites de la comunidad y, al tiempo, en su afuera, la otredad, a partir de operadores nada desdeñables como el género, la raza o la clase. «En un bar pasan cosas», diré mientras doy un sorbo a la cerveza. Ahondemos algo más en la especificidad de las comunidades y prácticas que en estos lugares se construyen.

2.1.1. Figuraciones comunitarias, desacuerdo y producción social del espacio

Hemos analizado cómo en los espacios comerciales del comer y beber en compañía se pueden observar los grandes debates contemporáneos de la modernidad. Pero no se trata de una transposición unidireccional, un mero ejemplo de cómo la ideología «baja» y nos interpela, como diría Althusser (1989). En estos humildes lugares se han llegado a construir figuraciones políticas clave, redes de relaciones interdependientes que configuran las dinámicas sociales (Elias, 2016) y que, siendo más o menos estables y más o menos organizadas, han encarnado cambios sociales profundos a lo largo de la historia. Pensemos en la ya canónica tesis habermasiana sobre la aparición de la esfera pública burguesa (Habermas, 2016). ¿Dónde si no en las *coffee houses* inglesas de los siglos XVII y XVIII se iban a dar las condiciones de accesibilidad, expresión y debate que, según el filósofo alemán, ayudaron a consolidar la idea de democracia en Europa? Otro tanto se podría argumentar respecto a la relación entre la lectura colectiva de periódicos y la construcción de un «nosotros» nacional, como argumenta Benedict Anderson (1993). Pero saliendo de las esferas burguesas: ¿habría sido posible, siguiendo la línea de investigación de E. P. Thompson (2012), la formación de una conciencia de clase obrera en Inglaterra, fruto de experiencias y relaciones compartidas, sin las tabernas del XVIII y el XIX? Todavía hoy, como veremos algo más adelante, todo movimiento político o social que se precie ha reflexionado mínimamente sobre la necesidad de producir espacios de sociabilidad y debate, desde los centros sociales ocupados autogestionados a las casas del pueblo.

Lo más interesante, sin embargo, de los espacios comerciales del comer y beber en compañía no es su capacidad de producir comunidad a partir de prácticas comensales, sino el haber sido tradicionalmente espacios en los que se naturaliza y evidencia el conflicto que también articula estas figuraciones comunitarias. Y no solamente el conflicto como un asunto a resolver pragmáticamente a través de un proceso deliberativo: la inevitabilidad de encontrarse con la diferente nos lleva a la teoría política agonística de Chantal Mouffe (2007), que entiende el conflicto no como algo a erradicar, sino como una dinámica constitutiva de lo político. En según qué situaciones, los «bares de toda la vida» han funcionado como canalizadores de controversias por cauces que evitan la eliminación del contrincante. Podrá argumentarse, y con mucha razón, que la imagen tópica del bar rural tampoco es que sea un parlamento ilustrado, que el alcohol, las formas vulgares, las bromas o las rencillas familiares lo alejan de ser un recipiente ideal del pluralismo y la participación en la vida pública. Sin embargo, sería un error medir su potencial con los mismos criterios con los que se baremaban las instituciones clásicas del liberalismo, pues es justamente en esa vulgaridad, ordinariez e imperfección donde se encuentran las bases para dejar hablar a aquel que no ha tenido voz a través de los más ilustrados canales institucionales. ¿O hay un espacio más propicio para articular el «desacuerdo» con la arbitrariedad de las estructuras y normas que nos marginan, para ejercer el ideal de la libre e igual participación en la «cosa pública» (Rancière, 1996)? De esto no nos habla solo el sentido común: en muchos pueblos, hablar o participar del estar juntas en el bar supone ser parte plena de la comunidad política del municipio. Por eso fue tan sonada (y acertada) la primera manifestación en la historia de Nogueira de Ramuín, Ourense, el 8 de marzo de 2019, en la que las mujeres de esta localidad gallega de sesenta habitantes salieron a la calle con destino a la única taberna del pueblo, con una pancarta en la que se leía «As mulleres do rural tamén poden ir ao bar»

(Pardo, 2019). Y por eso es tan preocupante que en nuestras ciudades se esté imponiendo lentamente y (casi) sin resistencia una noción única de restauración privada, aislada, replegada, orientada hacia las atmósferas comensales del restaurante o del café de estilo anglosajón.

No se pretende restar gravedad a los elementos de exclusión inherentes al modelo del «bar de toda la vida», ya que es innegable su carácter aún existente de espacio homosocial masculino, con un derecho de admisión ambiguo a conciencia y una centralidad de las bebidas alcohólicas que lo vuelven un lugar problemático tanto para personas abstemias como para aquellos que han tenido problemas de adicciones. Sin embargo, otras características lo hacen especialmente interesante como espacio disruptivo, al menos en potencia. Su polivalencia, la barrera de entrada baja, el carácter intergeneracional y su función como lugar de encuentro son aspectos clave en esta posibilidad. Existen situaciones y espacios efímeros de desacuerdo o de resistencia connaturales al bar, desde el consumo u ocupación festiva del espacio público a momentos como el «cierre de persiana» en determinados establecimientos a partir de cierta hora, creando entornos de privacidad e intimidad fuera del hogar. Estas situaciones, nos gusten o no, nos recuerdan a lo que Hakim Bey denominó zonas temporalmente autónomas (ZTA): utopías prácticas que nos permiten concebir formas alternativas de autonomía y de cotidianidad (más o menos) al margen del control estatal (Bey, 2014). Pero, por el carácter más estable en el tiempo de los espacios comerciales del comer y beber en compañía, aquí preferimos hablar de heterotopías como decíamos en un epígrafe anterior: lugares «otros» rurales y espacios al tiempo de reproducción social, ignorados por las grandes ideaciones del espacio concebidas por urbanistas y arquitectos (Lefebvre, 2013). Antes de caer en la penúltima de las digresiones abstractas o en normativismos varios, pasemos a revisar un poco más en profundidad la socioespacialidad concreta de estas heterotopías.

2.1.2. Del espacio social abstracto a las asambleas cotidianas

Se hace necesario para la propuesta sumar a este particular giro espacial de la filosofía política unos conocimientos algo más situados y relacionados con nuestro contexto social y cultural (Haraway, 1991). ¿Qué características pueden tener unas heterotopías ordinarias, unos espacios cotidianos del estar juntas?

En esta línea, la idea marxista de Lefebvre del espacio (social) como producto (social) puede dialogar con aproximaciones algo más pragmáticas y contemporáneas a lo espacial, como la de arena pública (Cefaï, 2002) con la doble connotación de lugar de combates (*lieu de combats*) y escena de realizaciones (*scène de performances*) ante un público, o la atractiva aproximación de Lussault y Stock (2009), quienes plantean una transición pragmatista del «estar en el espacio» al «hacer con el espacio». Desde esta perspectiva, hacemos o deshacemos arenas públicas con cada espacio en el que nos juntamos pero, en tanto que productos sociales, dichos espacios proyectan a su vez diferentes concepciones de lo que es (y lo que puede ser) el público allí reunido, sus figuraciones posibles y sus capacidades de intervención y participación.

Pensemos, como ejercicio previo, en algunos espacios que consideramos eminentemente «políticos», o al menos «orientados hacia la política». Es el caso de un edificio que aloja un parlamento, como pueden ser el Palais Bourbon, sede de la Asamblea Nacional Francesa, o el Capitolio de los Estados Unidos. Un diseño exterior neoclásico, destinado a conectar con los mitos fundadores de las democracias liberales burguesas y retrotraer a la Grecia clásica o a la República romana, se complementa con la «forma democrática» clave de estos modelos políticos en el interior, el hemiciclo. Esta estructura arquitectónica nos habla de estar-juntas como iguales, de diálogo, de escucha y de la posibilidad de turnarnos y pasar a ser el centro de atención a la hora de tomar la palabra y elevar la voz. Pero el propio diseño de un parlamento ya establece una necesaria división: quienes se sientan en los escaños son representantes, mientras que las personas representadas se tornan en asistentes, permitidas solo como observadoras de la aducida transparencia del proceso. A pesar de que algunos arquitectos contemporáneos han intentado incrementar la sensación de transparencia de una cámara de representantes (Foster con el *Reichstag*), o redefinir los mitos en torno a su monumentalidad (Miralles con el Parlamento Escocés o Niemeyer con el Congreso Nacional de Brasil), no hay forma de soslayar la «trampa» de la comensalidad y de la democracia deliberativa en todo su esplendor: al decir quién se sienta a la mesa, decidimos quién tiene voz y quién no[3].

3 La excepción es el arquitecto y teórico alemán Markus Miessen, quien en *La pesadilla de la participación* (Miessen, 2014) aboga por parlamentos diseñados para producir una participación «agonística» que haga aflorar el conflicto, la incomodidad y las diferencias.

Bajemos, con algo más de comodidad, a espacios políticos ordinarios. ¿Qué estructura socioespacial tiene una asamblea, y qué arenas públicas se facilitan en ella? Salvo excepciones de desborde como pudo ser el 15M, donde los límites entre la asamblea, la manifestación y la *performance* se cruzaban constantemente, una asamblea es un objeto raro, una arena pública que suele requerir como mucho una forma simbólica, la del círculo, y cierta facilidad para que sus participantes intercambien posiciones. Pero su «política de las cosas» (Latour, 2005), las condiciones materiales y espaciales que la hacen posible, suelen darse por sentado y se asume (erróneamente) que en el momento en que se invoca la forma-asamblea tan solo la pretensión de igualdad entre quienes forman parte de ella será suficiente para borrar todo contexto, ya sea este una sala polivalente en un centro cívico, un centro social ocupado autogestionado o la terraza de un bar en el centro de una ciudad. Nos sobran imaginarios espaciales para pensar en los espacios políticos del estar juntas (el mercado, el ágora, la plaza, el parlamento), pero poco o nada nos preocupamos por los espacios materiales de sus realizaciones efectivas.

Si nos desplazamos al otro eje de la ecuación, el del llamado medio rural, la ausencia de imaginarios sobre espacios políticos del estar juntas es lacerante, sobre todo en muchas mentalidades urbanas. Hay que retrotraerse a heterotopías revolucionarias o de orientación cooperativista, como pudieron ser los *koljoses* soviéticos o los *kibutz* judíos en sus orígenes, ejemplos excesivamente centrados de lo agrario y lo productivo, que dejaban de lado la «acción» pública por la «labor» y el «trabajo» (Arendt, 1993). La otra forma que adopta la heterotopía rural es la forma-pueblo, que concibe la ideación de todo un núcleo poblacional en tanto que espacio del estar juntas. Así, en nombre de la «repoblación» se han construido pueblos a lo largo y ancho del territorio; son especialmente famosas las Nuevas Poblaciones de Carlos III en Andalucía y los Pueblos de Colonización del Instituto Nacional de Colonización franquista, del que hablaremos un poco más adelante. Con una vocación diametralmente opuesta, la idea del pueblo-heterotopía ha sido explorada también por iniciativas como la de Fraguas Revive, un proyecto de repoblación-okupación rural y comunitario en la Sierra Norte de Guadalajara que se mantuvo activo de 2013 a 2023.

La historia de estas heterotopías políticas rurales está aún por escribir, al igual que la de los bares tomados como un espacio asambleario y cotidiano del estar juntas. De nuevo con una aspiración humilde, en el siguiente apartado se dan algunas pinceladas en torno a esa historia política no contada de los espacios comerciales del comer y beber en compañía en España.

2.2. Estar juntas a lo largo del tiempo: bares, comunidad y segregación

¿Cuál es la «política de las cosas» de un bar como heterotopía del estar juntas? Existe cierta pretensión de igualdad entre la clientela, marcada por unos mínimos de educación y desatención cortés ante el resto de las personas que nos rodean, si bien las diferencias de clase, género o etnia se mantienen visibles (como, por otra parte, ocurre en los «templos de la democracia» anteriormente analizados). El papel del camarero o la camarera es sensible ya que, pese a que en muchas ocasiones se presentan como «directores/as de orquesta» de la acción desarrollada, su función depende mucho de un cierto equilibrio entre la atención-presencia, el servilismo, y la desatención-ausencia, el respeto a la intimidad de la clientela. Dicho equilibrio no es, además, una fórmula exacta: las claves de la cordialidad hacia desconocidos se tornan innecesarias a la hora de tejer lazos de confianza con asiduos/as en muchos establecimientos, siendo al final quien trabaja en los mismos el que facilita o dificulta en cierta medida los estatus de participación en la potencial «cosa pública». Pero lo que hace de algunos espacios comerciales del comer y beber en compañía verdaderas heterotopías es su carácter de dispositivo en el sentido de una formación heterogénea que responde a una emergencia histórica (Foucault, 1994).

La materialización de los espacios comerciales del comer y beber en compañía como dispositivo ha sido múltiple a lo largo de la historia, adoptando formas muy diversas y respondiendo a diferentes urgencias, como las mencionadas de la esfera pública burguesa o la identidad de clase obrera en Inglaterra. Podemos asumir que existe una urgencia transversal a todos estos establecimientos, que no es otra que la necesidad comunitaria de un espacio para estar juntas. Eso explica la persistencia y lo variable de estos lugares, y nos permite estudiar la historia de bares, tabernas, cafés o restaurantes en tanto que una historia de las estrategias y prácticas orientadas al estar juntas. Pero ¿qué explica que sean espacios tan ubicuos y adaptables?

Existe cierto consenso en que España ha tenido históricamente una sociedad civil bastante débil y poco desarrollada, algo que se explica tanto por el imperfecto y tardío proceso de construcción estatal (Fernandes, 2009), como por la debilidad de un sistema parlamentario sobre el que influir (McDonough y otros, 1984) o, más lacerante, la represión política de regímenes dictatoriales como el de Francisco Franco (Riley, 2005). Ante esta situación, que precede con creces a la casuística del franquismo, muchos bares y cafés supusieron desde el siglo XIX espacios alternativos para la reunión y la vida colectiva, lugares de encuentro donde se desarrollaban tanto debates como vínculos de identidad y solidaridad de clase. La sociabilidad en estos espacios, argumenta Javier Escalera Reyes (1990), no solo era fuertemente política, sino que ayudó a articular todo tipo de movimientos y agrupaciones que posteriormente formaron parte e influyeron en las estructuras de poder más institucionales. El ejemplo más llamativo lo encontramos en Euskadi, donde la organización política del nacionalismo ha girado alrededor de las herriko tabernas en el caso de la izquierda abertzale y de los batzokis en el de los jeltzales del Partido Nacionalista Vasco, funcionando ambos como un servicio de hostelería. En el caso del movimiento obrero en Euskadi, la autora Sara Hidalgo ha investigado cómo los trabajadores en una provincia como la de Bizkaia construyeron identidades colectivas y prácticas de resistencia en torno a las tabernas, que a finales del XIX funcionaban como lugares de expresión y de refuerzo emocional (Hidalgo García de Orellán, 2018).

A nivel estatal la importancia no fue menor: de las botillerías en Madrid a los cafés cantante andaluces, la memoria y la identidad populares son indisociables de estos espacios. Por esta razón, la historia de bares, cafés y tabernas ha sido también la historia de la lucha de clases, así como de su segregación espacial. Desde que la agenda ilustrada de los reyes absolutistas pusiera en el punto de mira las costumbres y espacios populares en el XVIII (del Río, 1988), las tabernas han sido los espacios más perseguidos y que más contenido legal represivo han generado, llegando incluso a hacer converger en el movimiento higienista contra ellas a sectores conservadores y progresistas de la sociedad urbana estatal a finales del XIX (Hidalgo García de Orellán, 2018). Con la progresiva popularización de tipos menos problemáticos como el café o el restaurante, la criminalización de las tabernas como espacios para las clases más humildes propició justamente la apropiación obrera y de otros grupos marginales de estos lugares como espacios de organización y de resistencia

(Rueda Córdoba, 2023). En la memoria colectiva de la resistencia al franquismo y de la transición, cafeterías y bares a lo largo de todo el Estado ocupan un lugar privilegiado como centro de debate y encuentro político, no solo en las grandes ciudades: en el medio rural algunos bares sirvieron como punto de encuentro, formación y organización de la oposición en la clandestinidad. David Gilmore, antropólogo estadounidense, mostraba su asombro en una etnografía de un pueblo andaluz durante los últimos años de la dictadura:

> Cuanto más aprendía sobre este bar, más me daba cuenta de que funcionaba como una especie de tapadera del Partido Comunista de España. Los trabajadores se reunían allí después de cenar para discutir estrategias, escuchar las directivas de la radio comunista y debatir sin parar sobre ideología y acontecimientos políticos. Los asuntos controvertidos en aquel momento (1972) incluían la Guerra de Vietnam y el Incidente del USS Pueblo. Un hombre, zapatero, trajo una noche una versión en castellano de *El origen de la familia, la propiedad privada y el Estado*, de Engels, pidiendo ayuda para descifrar algunas palabras y conceptos difíciles. También jugábamos juegos políticos simbólicos. Una noche, se me pidió que nombrara al

> norteamericano más importante. Cuando respondí «Richard Nixon», la respuesta fue «No, Angela Davis», porque en aquel momento se presentaba a las elecciones estadounidenses con la papeleta comunista. Otro hombre me ofreció un cigarro, en parte como consuelo a mi ignorancia. Ofreciéndome un paquete de «Celtas», me preguntó si sabía lo que significaba la pregunta. Le dije que los celtas eran los habitantes originarios de la península ibérica, y me respondió «Qué va. CELTAS es un acrónimo para Comunistas Españoles, Levántense, Tendrán Ayuda Soviética» (1985, pág. 269) [traducción propia].

Tanta fue la sorpresa del autor al encontrar altos niveles de politización de un espacio rural de ocio y consumo como su aceptación ante la completa ausencia de mujeres, otro elemento tradicional por desgracia de muchos espacios del comer y beber en compañía. Si avanzamos en el tiempo, algunos debates políticos contemporáneos se han seguido articulando en torno al acceso, ocupación o derecho de admisión a estos lugares. Es el caso de las luchas por la visibilidad LGTBIQ+ y su materialización en la apertura de negocios, principalmente clubes nocturnos y bares, a lo largo de los años ochenta y noventa en muchas capitales españolas, que la activista Shangay Lily resumía con mucho acierto como una transición «del retrete a la vitrina» (2016). Mucho más reciente tenemos, de nuevo en Euskadi, el conflicto entre EH Bildu y *Gazte Koordinadora Sozialista* (GKS), nacida a partir de sectores críticos con el partido abertzale. Las tensiones entre ambas organizaciones se han visto reflejadas en la organización y gestión de las txosnas o casetas de fiestas locales: desde 2022 GKS ha venido denunciando un veto de EH Bildu en las fiestas primero de la *Aste Nagusia* de Bilbao y luego en otras localidades de Euskadi. La visibilidad en las txosnas se ha convertido así en el campo de batalla entre los dos sectores de la izquierda abertzale.

La historia de los espacios comerciales del comer y beber en compañía es, en conclusión, una historia de la segregación espacial de clase, género y etnicidad en el Estado español, pero a la vez es la historia de la lucha por unos espacios de aparición (Arendt, 1993) donde construir sentidos, identidades y resistencias a los poderes establecidos. Volvamos de nuevo nuestra atención al medio rural y sus características específicas para terminar el capítulo.

2.3. Lo urbano, lo rural y los espacios del estar juntas

Tras esta historia incompleta, inconclusa y a trompicones, ¿qué tenemos aquí y ahora? Si aplicamos la perspectiva socioespacial a los conflictos políticos contemporáneos, los debates en torno a la ciudad son todos debates en torno al espacio: la falta de vivienda, convertida en un bien especulativo, el absurdo precio de los alquileres, la gentrificación, la turistificación, los usos del espacio público y las prácticas allí permitidas o prohibidas, las terrazas y veladores, los modelos de movilidad... Las ciudades parecen quedarse pequeñas; se hace necesaria una redistribución del espacio y del derecho a su acceso, con lo que surgen lentamente visiones y propuestas más o menos utópicas para imaginarlas desde otras miradas. ¿Pero qué ocurre con el campo? En el medio rural no operan del mismo modo los imaginarios políticos espaciales que mencionábamos al ser estos fuertemente urbanitas, estar mitificados y, en algunos casos, incluso obsoletos (¿es la Plaza Mayor de Madrid hoy un espacio político interesante?). Y la falta de espacios del estar juntas se hace paradójica en municipios donde lo que hay de sobra, justamente, es espacio.

¿Qué es hoy el dispositivo-bar en el medio rural, especialmente en la España vaciada? Es, de facto, un equipamiento municipal, una infraestructura social (Klinenberg, 2021) de igual o mayor importancia que la farmacia, el colegio o el cuartel de la Guardia Civil. Opera en muchas ocasiones como punto de encuentro, oficina de información y proyección turística, punto de recogida de envíos y nodo de cuidados, sobre todo de las personas que viven solas. Entrevistada para un proyecto reciente, la dueña del único bar de un pueblo en situación de extrema despoblación de Albacete contaba lo siguiente:

> Había un hombre que venía, le decían «el Americano». Bueno, pues el hombre venía, yo recuerdo que había estado en América de jardinero y es verdad que venía y me quitaba las flores secas y ya... dos o tres días, digo... «que no viene el Americano», venía todos los jueves a tomar paella. Y yo, digo, que no venía. Pues a ver si puedes ir y como ... que tiene tanta faena. Y yo, digo, «que no ha venido», dice, «voy ahora mismo». Cuando subió se lo encontró muerto. La puerta abierta. Boca abajo, desnudo, muerto. [...]

Cuando lo cuenta desde la barra del bar, el relato resuena entre los parroquianos y parroquianas. Y se desencadena una serie de historias en las que el centro del pueblo pasa a ser el bar y lo que en él se cuenta; un anecdotario tan amplio como los campos que circundan al municipio. Porque el bar también opera como medio de comunicación, tanto presencial como mediado por la televisión, la radio o los anuncios que las vecinas y vecinos cuelgan junto a la puerta. Y no se puede negar su carácter identitario y de memoria colectiva: heridas y conflictos de décadas, leyendas y mitos, gastronomía del lugar, todo se despacha con normalidad en el bar sin que esto parezca llamar la atención de nadie. Dado que uno de los elementos fundamentales de estos espacios es su pluralidad territorial, nos podemos dar cuenta de la cantidad de historias, prácticas e imaginarios colectivos que penden de un hilo con el progresivo cierre de los bares de la España vaciada y de los pueblos que los albergan. Una nueva pregunta aparece ante nosotros: sabiendo lo que son y su relevancia, ¿qué pueden llegar a ser?, ¿qué utopías pueden nacer en un bar de un pequeño pueblo sin nombre?

3. ATERRIZANDO LA PROPUESTA

En un proyecto como este, que pretende aunar horizontes utópicos con realizaciones pragmáticas, se debe operar con cuidado para evitar tanto idealismos biempensantes como posibilismos ramplones. En este capítulo vamos a preguntarnos, en primer lugar, por lo que legalmente está escrito en torno a los bares (lo que los nombra, lo que los hace «reales» jurídicamente, las potencialidades que genera) para, a continuación, revisar los imaginarios espaciales contemporáneos más o menos utópicos en torno a lo rural y a su par opuesto, lo urbano. Solo desde esta doble intervención seremos capaces, al finalizar el capítulo, de materializar una ambición utópica sobre los espacios comerciales del comer y beber en compañía en una propuesta de intervención legal.

3.1. Regulación, utopismo y bares

¿Cómo contempla la ley a los bares? La respuesta es bastante preocupante. No hay mayor prueba de la polivalencia y multiplicidad de estos lugares que la obsesión secular por regularlos, de una parte, y la incapacidad de definirlos, de otra. Durante la Edad Media y la Edad Moderna, toda recopilación legislativa de peso incluía normas morales y de comportamiento en tabernas y posadas, desde las Siete Partidas de Alfonso X (donde se recomienda que los clérigos no frecuenten en exceso las tabernas, por ejemplo) hasta ordenanzas municipales de ciudades como Barcelona o Madrid, donde ya en el siglo XVII se restringían los horarios de venta de alcohol o se prohibía adulterar bebidas y comidas. Como adelantábamos, la década final del siglo XVIII supondrá el culmen del proyecto ilustrado de regulación y control sobre las tabernas (Rueda Córdoba, 2023): Carlos IV prohibió la entrada a las mujeres (Ramos Santana, 2012) y reguló a través de la *Novísima Recopilación* en 1805 la construcción de posadas, los precios del cereal en mesones o los puestos ambulantes de comidas y bebidas. La presión reguladora sobre tabernas y mesones no logró impedir que estos espacios fuesen dados por hecho, sin necesidad alguna de ser definidos, delimitados nominalmente o descritos.

No será hasta los años sesenta del siglo XX que el legislador haga un esfuerzo de definición básica de los espacios comerciales del comer y beber en compañía, y lo hará por puro interés de regulación turística. De este modo, las primeras descripciones legales de una cafetería y de un restaurante (los bares seguirían despreciados jurídicamente) vendrán con sendas órdenes del Ministerio de Información y Turismo, a cargo del omnipresente Manuel Fraga, en 1965:

> [Son restaurantes] cuantos establecimientos, cualquiera que sea su denominación, sirvan al público, mediante precio, comidas y bebidas, para ser consumidas en el mismo local.
>
> *Orden de 17 de marzo de 1965 por la que se aprueba la Ordenación Turística de Restaurantes*

> [Son cafeterías] aquellos establecimientos, cualquiera que sea su denominación, que, además de helados, batidos, refrescos, infusiones y bebidas en general, sirvan al público, mediante precio, principalmente en la barra o mostrador y a cualquier hora, dentro de las que permanezca abierto el establecimiento, platos

fríos y calientes, simples o combinados, confeccionados de ordinario a la plancha para refrigerio rápido.

Orden de 18 de marzo de 1965 por la que se aprueba la Ordenación Turística de Cafeterías

Estas definiciones son clave por varias razones. En primer lugar, porque nos cuentan por primera vez los espacios comerciales del comer y beber en compañía en su dimensión de espacio concebido que, siguiendo la trialéctica del espacio de Lefebvre, es el «espacio de los científicos, planificadores, urbanistas, tecnócratas fragmentadores, ingenieros sociales [...], todos los cuales identifican lo vivido y lo percibido con lo concebido» (Lefebvre, 2013, pág. 97); en definitiva, la dimensión del poder que impone sus imaginarios sociales sobre la multiplicidad de lo cotidiano. En este caso ambas órdenes recogen valores del higienismo y de la moral nacionalcatólica del momento, con referencias incluso al nivel de aseo de los/as trabajadores/as.

En segundo lugar, estos textos son importantes porque suponen la base legal sobre la que las leyes actuales, de escala autonómica, definen aún hoy estos espacios. Así, en Madrid, el *Catálogo de Espectáculos Públicos, Actividades Recreativas, Establecimientos, Locales e Instalaciones* define los bares y café-bares como:

> Establecimientos, fijos o desmontables de pública concurrencia, cerrados, cubiertos, semicubiertos o descubiertos donde se sirve al público de manera profesional y permanente, mediante precio, principalmente en la barra o en el mostrador, aunque también puede servirse en mesas, bebidas. Se permite servir tapas, bocadillos, raciones y similares, siempre que su consumo se realice en las mismas condiciones que el de las bebidas y no implique actividad de restauración.
>
> *Decreto 184/1998, de 22 de octubre, Anexo II*

Esta minuciosidad descriptiva no impide que el propio catálogo ofrezca hasta dieciocho licencias diferentes de establecimientos de restauración, entre tabernas, cafeterías, bares-restaurante, chocolaterías o bares musicales, cada cual con su propia definición.

Más allá de un ingobernable desfile de tipos, encontramos pocos imaginarios sociales interesantes en estas leyes y normativas. En cambio, la hiperactividad legisladora se mantiene viva desde los tiempos de Carlos III en cuanto a regulaciones de corte más biopolítico. Los espacios del comer y beber en compañía quedan afectados por leyes de todo tipo: de seguridad alimentaria (17/2011), regulaciones del tabaco (42/2010), policía de espectáculos públicos (2816/1982), igualdad de oportunidades en términos de movilidad (51/2003) o todo tipo de documentos técnico-legales como la *Ley de Ordenación de la Edificación*, el *Código Técnico de la Edificación* o el *Documento Básico de Seguridad en Caso de Incendio*.

La ausencia de «imaginarios sociales tabernarios» en los textos legales era predecible y no debe desanimarnos. Para lograr algún avance podemos repasar, siguiendo con las lógicas del espacio concebido, la forma en que algunas prácticas arquitectónicas y urbanísticas de mayor escala, actuales o pretéritas, han plasmado representaciones espaciales utópicas, lo que Lewis Mumford denominó *idola* de la utopía (Mumford, 2013), y cómo encajarían en espacios como los bares. Dada su importancia en la sociabilidad ordinaria española, hubiera sido deseable encontrar referencias con relativa facilidad, aunque su ausencia puede ser indicativa también de las coordenadas desde las cuales estos *idola* son enunciados (así como de la urgencia de aplicar en los bares el pensamiento utópico). Debido a que una mayoría de las representaciones son urbanas, revisaremos en primer lugar los utopismos urbanos contemporáneos para a continuación pasar a los rurales, más importantes en nuestro cometido, pero más difíciles de rastrear.

3.2. Utopismos urbanos

Dos advertencias previas sobre la relación entre urbanismo y utopía. La primera, ya sugerida en la obra temprana de Françoise Choay, es que toda planificación urbana ha estado ligada a los utopismos, ya que el urbanismo utiliza por definición un lenguaje pretendidamente técnico y despolitizado que proyecta visiones utópicas de la ciudad anteriores a sí mismo (1983). La segunda, aún más importante si cabe, es que no todas las visiones utópicas de la ciudad son necesariamente populares o emancipatorias. Una utopía, al fin y al cabo, es una representación tanto de un mundo posible y perfecto como, por oposición, de un mundo real e injusto; su orientación dependerá por lo tanto de la definición que se haga de (in)justicia y de perfección. Mumford describe como utopías colectivas o mitos sociales a la Casa Solariega (utopía de escape) y a la monótona, industrial y explotada Cokctown de *Tiempos Difíciles* de Charles Dickens (Mumford, 2013), mientras que Choay separa entre modelos utópicos «progresistas», de Fourier a Le Corbusier, y modelos utópicos «culturalistas», con referentes como Ruskin y Morris (Choay, 1983). Esta distinción entre un modelo «progresista» y otro «culturalista» nos puede ayudar a identificar dos vertientes: en primer lugar, algunas de las proyecciones utópicas no contestatarias, pero con un enfoque «progresista», traídas de la mano de urbanistas y planificadores urbanos y a las que denominaremos *autopismos*[4]. En segundo lugar, varias propuestas algo más subversivas defendidas por muchos movimientos sociales y partidos políticos de izquierdas, pero profundamente enmarcadas en marcos culturalistas nostálgicos.

3.2.1. Autopismos. Los PAU y el par urbanización-centro comercial

El modelo urbanístico de utopía «progresista», tal y como lo explica Françoise Choay (1983) sigue en gran medida los principios universalistas y racionalistas de la Ilustración: parte de una concepción unívoca del ser humano en tanto que tipo universal y generalizable, reivindica los espacios abiertos, verdes, modulares y clasificados funcionalmente (con una clara centralidad de la vivienda) y hace suyos los principios del higienismo, el rendimiento, la técnica

4 Proponemos el neologismo «autopía» por la extremada dependencia de estos desarrollos urbanos de un modelo cochista (López, 2022), por su optimismo tecnocrático y por la aparente irresistibilidad de su imposición.

y la sencillez estética. La participación más o menos intensa en esta serie de elementos nos permite trazar una línea de continuidad entre planeamientos urbanos como los del falansterio de Fourier, la Ville Radieuse de Le Corbusier o la Brasilia de Niemeyer (ver Figura 2).

Desde que el Estilo Internacional y su manifiesto fundacional, la Carta de Atenas, se impusieran como referente inevitable de la arquitectura contemporánea, se podría decir que el lenguaje utópico del urbanismo «progresista» es el de las prácticas urbanísticas hegemónicas. Así, no hay que irse hasta proyectos megalómanos como la mencionada Brasilia. Un rápido repaso a los desarrollos «autópicos» en una comunidad autónoma como la de Madrid nos dará prueba de ello.

Como relata Jorge Dioni López en *La España de las piscinas* (2022), desde hace ya más de treinta años se ha ido imponiendo en las periferias de muchas capitales de provincia españolas un modelo que, ilustrado por la urbanización cerrada con viviendas unifamiliares y piscina, ha transformado profundamente las aspiraciones de vida de gran parte de la sociedad. Más allá de la importancia que dicho modelo ha tenido en la imposición de modos de vida individualistas y desconfiados de lo

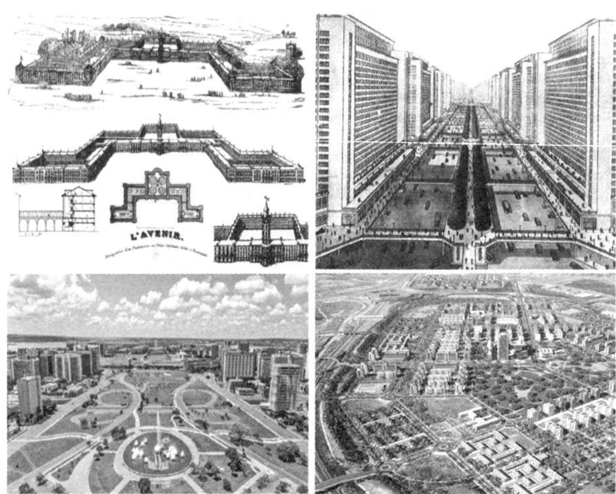

Figura 2. Planeamientos urbanos que participan del modelo «progresista». Arriba, el falansterio de Fourier (izda.) y la Ville Radieuse de Le Corbusier (dcha.). Abajo, Brasilia (izda.) y el PAU de El Cañaveral, Madrid. Fuente: en orden, *MasdeArte, Archdaily, Wikipedia.org* y Ayuntamiento de Madrid

público, a lo que Dioni dedica parte de su ensayo, aquí nos interesa observar qué clase de *idola* utópicos podemos encontrar en estas conformaciones habitacionales. Tenemos, claro está, una separación clara entre la unidad habitacional (la casa unifamiliar) y la unidad comunitaria (la urbanización), suerte de trasunto de la tradicional oposición casa/calle. Tenemos, por otra parte, una concentración de todas las actividades de consumo y ocio en grandes centros comerciales con cines, recreativos, restaurantes, supermercados y tiendas, accesibles por lo general solamente en coche (con suerte en transporte público) y que pretenden emular a través de escenografías disneyficadas (Bryman, 1999) un espacio público estetizado y libre de todo conflicto. En realidad, las únicas conexiones con la «cosa pública» de este par urbanización/centro comercial se producen con la actividad policial, si las empresas de seguridad privada se ven desbordadas, y con la recogida municipal de basuras. Ejemplos de este tipo de planeamiento urbano construido a golpe de talonario y de iniciativa privada los encontramos en muchos pueblos de la periferia de Madrid, sobre todo en la zona de la Sierra Norte (Pozuelo, Majadahonda, Las Rozas, Torrelodones) y alrededor de las autovías radiales de la capital (Parque Coimbra junto a la A-5, La Moraleja o Valdelagua en la A-1, Los Berrocales del Jarama en la A-2...).

Otro escenario «autópico» neoliberal se despliega en paralelo a este modelo en las zonas de expansión de la propia ciudad. Nos referimos a los PAU, Planes de Actuación Urbanística, que continúan desde la planificación urbana la línea iniciada por el PGOUM de 1985 o el PGOU de 1997. Como indica Inés Gutiérrez Cueli en su estudio sobre el PAU de

Carabanchel, el urbanismo desarrollado en estos barrios construidos de la nada por la colaboración público-privada privilegia «unas relaciones sociales y unas prácticas cotidianas —maneras y modos de habitar— que (re)producen los modelos de neoliberalización» (2023, pág. 51). Aparte de la escasez general de servicios y equipamientos, el comercio de proximidad queda también mermado o directamente desaparece de las calles, obligando a realizar las actividades culturales y de ocio en centros comerciales estratégicamente ubicados en las cercanías, con una separación funcional que recuerda al modelo de urbanizaciones de la periferia.

Que estos planeamientos urbanos se pretendan sostener en principios como los de la eficiencia, la claridad o la técnica no nos puede hacer caer en el error de asumir que el urbanismo neoliberal carece de un proyecto utópico muy concreto, basado en un modelo antropológico conservador e individualista y familista a la par. Ramón López de Lucio aduce dos explicaciones clave para la promoción de estos sistemas de «insularidad urbana» sin tejido comercial de cercanía: la construcción de centros comerciales aledaños y la falta de interés por parte de los promotores privados y públicos (López de Lucio, 2012). Un alto ejecutivo de la patronal hostelera madrileña lo planteaba de forma clara en una entrevista para mi tesis doctoral (Rueda Córdoba, 2024):

> En Las Tablas hay lo que llamaron monopolio de oferta. Realmente se hacen los edificios, pero no se hacen locales comerciales en los bajos. Entonces, el monopolio de oferta lo tiene El Corte Inglés y algún otro centro comercial. O sea, un modelo mucho más americano. Por ejemplo, Las Rozas, Las Tablas, Montecarmelo... todos los desarrollos tiran por un lado o por otro: la hostelería va a ser más de calle o más de centro comercial. Y esa es la disyuntiva que tenemos, que forma parte del desarrollo de los nuevos PAUs urbanísticos que hace cada municipio, y que tiene capacidad para hacerlo.

La minúscula posibilidad de planificación urbana en términos de locales comerciales incluirá farmacias, escuelas o centros de salud (que en muchas ocasiones se ejecutan tarde y mal), pero nunca espacios comerciales del comer y beber en compañía. Volvemos a encontrarnos además con que uno de los efectos de la creciente financiarización de la hostelería, o lo que es lo mismo, la progresiva transformación de muchos establecimientos de hostelería en productos de inversión y especulación por parte de grandes conglomerados financieros y la consecuente acumulación de volumen de negocio en cada vez menos manos, está siendo el desequilibrio total del balance entre las atmósferas públicas y las atmósferas comensales en los bares de nuevo cuño, que ya pasan prácticamente todos por restaurantes o cafés orientados al encuentro centrípeto y familista, completamente disociados de las rutinas y el día a día de las personas que los frecuentan.

3.2.2. Urbanismos utópicos contemporáneos. La ciudad de los 15 minutos, la ciudad peatonal y las estéticas nostálgicas

¿Qué proyectos e imaginarios plantan cara a esta visión unívoca de la modernidad urbana? Que *Muerte y vida de las grandes ciudades* de Jane Jacobs (2013) se haya recuperado como lectura de cabecera entre los movimientos sociales «alterurbanos» más de sesenta años después de su publicación deja bastante claro que estamos ante otro escenario más de las aparentemente eternas guerras urbanas, confrontando de nuevo a un modelo de utopía urbana «progresista» otro «culturalista», si volvemos a la distinción de Françoise Choay (1983). Porque Jacobs, y con ella multitud de colectivos sociales, se inscribe en estos modelos culturalistas al reivindicar espacios activos y vivos en entornos polinucleares, descentralizados y densificados, que defienden las particularidades y la participación en la ciudad.

La misma línea que hicimos de Fourier a los PAU la podemos trazar aquí desde el modelo culturalista «original» de la Ciudad Jardín de Ebenezer Howard (1898) y proyectos locales como la Ciudad Lineal

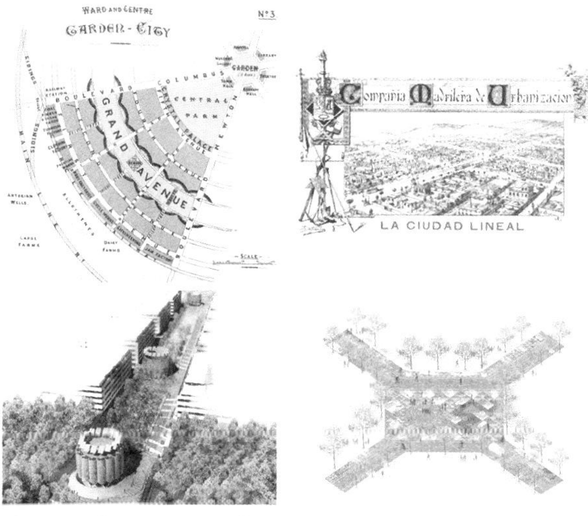

Figura 3. Planeamientos urbanos que participan del modelo «culturalista». Arriba, la Ciudad Jardín de Ebenezer Howard (izda.) y la Ciudad Lineal de Arturo Soria (dcha.). Abajo, proyecto del Ecobulevar de Vallecas (izda.) y proyecto de Supermanzanas en Barcelona. Fuente: en orden, *Urban Networks*, Asociación Legado Arturo Soria, Ecosistema Urbano Arquitectos y *Escofet.com*

de Arturo Soria (1885) hasta el plan de reciclaje urbano del Ecobulevar de Vallecas o la regeneración peatonal de las manzanas del Eixample barcelonés (ver Figura 3). Los postulados utópicos de este modelo asumen un individuo diverso, atravesado por condicionantes sociales e identidades comunitarias de todo tipo a las cuales hay que saber adaptarse. El diseño urbano, por lo tanto, deberá originarse en la participación de sus habitantes, de una parte, y en la facilitación de sus propias prácticas e interpretaciones, de otra.

De esta línea, como adelantábamos, participan multitud de corrientes sociológicas, arquitectónicas y políticas que buscan acometer una reforma urbana que haga las ciudades «más habitables»; la idea de la habitabilidad, uno de sus *leitmotiv*. Destaca por su incidencia en la última década el llamado paradigma de la «ciudad de los quince minutos», que propone una ciudad concentrada en la que todos los servicios esenciales sean accesibles en un radio de quince minutos a pie (Moreno, 2020), y cuyas bases del buen vivir se remitan a los principios de proximidad, mezcla, densidad y ubicuidad (2023). La ciudad utópica entonces será la ciudad cercana, limitada, densa, peatonal, diversa, con comercios de cercanía y diseñada a través de procesos participativos.

A la par que va ganando adeptos en el ámbito de la planificación urbana hegemónica[5], el modelo culturalista de la ciudad cercana se ha inscrito también en el imaginario político de muchos movimientos sociales españoles, estableciendo un diálogo intenso con la mayoría de las experiencias de los comunes urbanos (Ostrom, 2000), de centros sociales a jardines o huertos. Pero surge una pregunta incómoda: ¿en qué dirección apuntan las estéticas utópicas de la ciudad de los quince minutos o de la ciudad de los comunes? Pareciera como si, deslumbrados ante el excesivo brillo optimista de los futuros urbanos «progresistas», no tuviéramos otra opción que volver los ojos hacia atrás, a un pasado perdido por los envites del neoliberalismo, y dibujar nuestra utopía con una paleta melancólica y conservadora. Choay, contemporánea de Jacobs, ya lo anunciaba: los imaginarios «culturalistas» son nostálgicos, regresivos (1983), y tienden a recrear un pasado muerto en el mejor de los casos e inexistente en el peor. Forman parte de lo que Bauman denominó *retrotopías*: «mundos

5 No hay más que mirar al más megalómano de todos los proyectos urbanos actuales: la construcción de *The Line*, una «ciudad lineal» a lo largo de 170 kilómetros de desierto en el noroeste de Arabia Saudí que se proyecta como libre de coches, sin calles y con accesibilidad a todos los bienes de primera necesidad en menos de cinco minutos de trayecto horizontal o vertical.

ideales ubicados en un pasado perdido/robado/abandonado que, aun así, se ha resistido a morir, y no en ese futuro todavía por nacer» (2017, pág. 14).

El principal problema de estos *idola* retrotópicos no es, sin embargo, de índole estética: la mayor amenaza que presentan es que se parecen excesivamente a las representaciones fantasmáticas de la gentrificación y la turistificación de los centros urbanos. Porque mientras «el futuro» se dibuja en modelos «progresistas» en la periferia, los suburbios o los Planes de Actuación Urbanística, los cascos viejos de las ciudades quedan congelados en el tiempo, peatonalizados y adecuados a una experiencia reconfortante y «culturalista» que aporta calma y seguridad. Volviendo a nuestra preocupación tabernaria, las utopías del centro de la ciudad son fácilmente gentrificables, y los espacios comerciales del comer y beber en compañía de estos imaginarios no son más que escaparates, junto con otros pequeños comercios, de esta visión homogeneizante de lo que es una «ciudad europea tipo», un «centro habitable» o una «cultura local». El paisaje resultante no es, en consecuencia, muy halagüeño en términos emancipatorios: tabernas centenarias museificadas, cadenas neocastizas gastrificadoras y, para quienes no se puedan permitir lo anterior, franquicias y establecimientos de comida rápida.

De este repaso sucinto a los utopismos urbanos contemporáneos salimos con un gran número de advertencias y poco que aportar al medio rural. De hecho, una sensación de orfandad puede abordarnos al salir de la ciudad en dirección al campo. ¿Cómo hablar de utopismos rurales, si la base material de los proyectos utópicos como espacios concebidos se diseña y ejecuta en un planeamiento calificado como «urbano»? Si los utopismos urbanos desdibujan o relegan los espacios del comer y beber en compañía a la experiencia de consumo, ¿ocurrirá igual con los rurales? Hagamos de la necesidad virtud una vez más y sigamos el rastro de los utopismos rurales para ver si estos nos dan alguna pista sobre el bar como utopía.

3.3. Utopismos rurales

La orfandad es, en realidad, doble. En primer lugar, como señalábamos, los espacios de la España vaciada poco o nada se corresponden con los *idola* utópicos de la ciudad. Muchas veces no funcionan porque algunos de sus ejes vertebradores ni siquiera encajan en las lógicas cotidianas de los pueblos. Tomemos como ejemplo la cuestión del transporte, de obligada consideración (sea incentivando o restringiendo) en cualquier planeamiento urbano utópico. Dentro de un municipio de menos de quinientos habitantes, la movilidad en coche es prácticamente innecesaria y las más de las veces las propias calles se vuelven peatonales de facto, con cierta convivencia coche/peatón que recuerda a otras épocas. Sin embargo, en amplias zonas del Estado la distancia entre un pueblo y otro vuelve casi obligado el uso de tráfico rodado para desplazarse entre ellos, y debido al carácter deficitario del transporte público en algunas zonas la movilidad queda en manos del vehículo privado. El paradigma de la ciudad de los quince minutos también se quiebra si atendemos al medio rural, ya que el problema no es de desplazamientos o de cercanía, sino de disponibilidad y accesibilidad como ocurre con los médicos/as y profesores/as rurales.

El segundo elemento de esta «orfandad» señala a la distinción en términos urbanísticos entre urbano y rural. La mayoría de los pueblos pequeños del Estado español no se corresponden con un paisaje rural hegemónico «a la estadounidense», que mezcla el ideal suburbano naturalista, individualista y cochista de la *broadacre city* de Frank Lloyd Wright con un fuerte recelo ante cualquier intervención estatal (Conn, 2014). De hecho, la mayoría de los municipios pequeños de España tienen una estructura que podríamos calificar de urbana, al incluir una cierta ordenación colectiva de los edificios, lugares de encuentro y espacios para estar juntas. La distinción, por tanto, entre lo rural y lo urbano es menos una cuestión de «urbanismo» y más una de economía, densidades poblacionales o acceso a recursos. Como no queremos volver al punto de partida, en lugar de enfocarnos en asuntos redistributivos vamos a centrarnos en las utopías parciales y mitos sociales que, desde las ciudades o desde el propio campo, han tenido alguna materialización más o menos voluntaria u organizada en la España vaciada en tanto que espacios para el estar juntas.

3.3.1. De los tópicos literarios al Instituto Nacional de Colonización

La mayor parte de representaciones idealizadas del campo y el medio rural proceden, al menos en el caso español, de las grandes ciudades. No hay más que ver cómo los tópicos literarios más ligados a lo rural, el *beatus ille* o el *locus amoenus*, fueron explotados por autores cuyas vidas transcurrieron fundamentalmente en grandes ciudades, de Garcilaso de la Vega a Lope de Vega o Bécquer. La primera parada algo más material de estos ideales nos la aporta de nuevo Lewis Mumford con su estudio de la Casa Solariega (*Country House*):

> El *idolum* de la Casa Solariega prevalece incluso cuando se habita en el centro de la metrópolis. [...] La Casa Solariega trata de compensar con una abundancia de bienes materiales todo lo que se perdió con su divorcio de la comunidad subyacente; más que nunca, intenta ser autosuficiente dentro de los límites de las zonas residenciales (2013).

La Casa Solariega, referida en España tradicionalmente como una casa en el campo y de forma más reciente bajo el paraguas de «la casa del pueblo» o «la segunda residencia», articula todos los ideales utópicos de retirada de la ciudad que encontrábamos en el *beatus ille*: individualismo anticomunitario, autosuficiencia y aislamiento del entorno, alejamiento voluntario del ruido citadino. De esta representación poco o nada se extrae sobre el estar juntas, salvo imágenes en extremo comunitaristas, comensales y domésticas: la lumbre, la familia reunida, el tiempo libre, etcétera. Una figura más interesante y cercana, pero en absoluto estudiada, es la del cortijo. Esta unidad arquitectónica y agrícola a la que se le atribuyen orígenes romanos e islámicos funcionó más bien como una forma de organizar la vida social de los latifundios del sur de la península, enfrentándose quienes los construyeron a reproducir el orden jerárquico y funcional ideal del mundo rural de los siglos XVIII y XIX: casas para los «señoritos» y barracones para los jornaleros, establos, despensas, iglesia, economato e incluso cuarteles de la Guardia Civil, generando unidades convivenciales prácticamente autosuficientes al estilo de los monasterios medievales.

El interés de parte de la élite urbana por organizar idealmente la vida rural nos lleva a otro tipo de proyecciones utópicas aparte de las de la «vuelta al campo»: las que plantean intervenir en el mismo, transformarlo, «ordenarlo». Aquí podríamos incluir salidas más o menos culpables de la ciudad al campo, desde las sociedades excursionistas de los nacionalismos del XIX, que reducían lo rural a paisaje nacional (Nogué i Font, 2006), hasta las bienintencionadas aunque moralistas misiones pedagógicas regeneracionistas o la infructuosa búsqueda del «alma de España» de la Generación del 98. Del mismo modo entrarían aquí los intentos de responder al hambre, la miseria y la falta de tierra para los/as campesinos/as que culminarían con la incompleta primero y truncada después reforma agraria de la Segunda República. Pero dentro de todo el listado de intervenciones, la más interesante por su escala, orientación y claro fracaso hay que situarla un poco más adelante, en las primeras décadas del régimen franquista. Nos referimos a los pueblos «creados» por el Instituto Nacional de Colonización de Franco: un intento de la dictadura de crear un planeamiento urbano que recrease el *idolum* del pueblo blanco con valores nacionalcatólicos y tratase al tiempo de solucionar el problema de largo recorrido de la reforma agraria.

El INC surge con vocación de construir un nuevo modelo social para la España de la Autarquía, un modelo que pretendía cumplir con la utopía agraria de falange y a la vez con el *imago mundi* del rural franquista (Flores Soto, 2013), haciéndolos efectivos a través del poder coactivo de la Guardia Civil. El tecno-utopismo reformista de los pantanos y de la irrigación, el acceso a luz o agua y los colonos felices que se anunciaban en la propaganda del régimen se correspondieron más bien poco con el fracaso efectivo de muchos de estos poblamientos en sus primeros años, con colonos desamparados que tuvieron que instalarse en pueblos a medio construir y pagar durante años las casas que teóricamente les habían cedido (Cazorla Sánchez, 2024).

Lo que más nos interesa aquí es el modelo de *espacio urbano* que se planteó en estos cerca de trescientos pueblos y barriadas de colonización. La plaza del pueblo supuso un elemento nuclear para la utopía rural nacionalcatólica, centro cívico donde siempre quedaban representados los elementos base de la comunidad rural ideal franquista: la iglesia, el ayuntamiento y en ocasiones la escuela (Flores Soto, 2013). Curiosamente, a partir de los años setenta los tres espacios pasaron de ser sede de las «fuerzas vivas» del régimen a articular las prácticas de resistencia locales a la dictadura, con la entrada en juego de los curas conciliares, las juntas vecinales y maestros/as más jóvenes, demostrando de nuevo cómo hasta los espacios comunitarios más institucionales permiten organizaciones políticas subversivas.

Aunque los pueblos de colonización tuvieron un diseño vanguardista con arquitectos de la talla de Alejandro De la Sota o José Luis Fernández Del Amo, más allá de la centralidad institucional de la plaza poco se pensaron las posibles relaciones sociales o los espacios del estar juntas en ellos. La pronta apertura de pequeñas tabernas, primeros negocios que abrieron en muchos de estos nuevos municipios (Cazorla Sánchez, 2024), fue por iniciativas privadas en muchas ocasiones semiclandestinas al requerirse la aprobación del INC. De nuevo vemos cómo los espacios comerciales del comer y beber en compañía quedan de lado hasta en ideaciones utópicas totalitarias, pese a ser centros de sociabilidad reconocidos.

Para ir acabando, el ejemplo de repoblación-okupación de Fraguas Revive plantea un contrapunto interesante a la lógica utópica nacionalcatólica. ¿Qué ocurre cuando las iniciativas se plantean y ejecutan directamente en la España vaciada y no desde un centro de poder? ¿O cuando la dimensión espacial a considerar, siguiendo a Lefebvre de nuevo, no es la del espacio concebido del urbanismo y la planificación sino la del espacio vivido de los y las artistas, de quienes reimaginan y reconstruyen ese espacio? Quizás este repaso a las utopías «perfectas» y sin conflicto del medio urbano y del rural nos demuestra de que puede resultar más estimulante volver la mirada a heterotopías como la de Fraguas, a materializaciones prácticas de lugares-otros que actualmente están reconfigurando no solo la vida cotidiana del medio rural sino la lógica del dispositivo-bar como espacio del estar juntas. Revisar estos ejemplos parciales y situados nos ayudará a centrar algo más nuestra propuesta.

Figura 4. Planeamientos urbanos «rurales». Arriba, la Broadacre City de Frank Lloyd Wright (izda.) y el Cortijo de La Capilla, en Antequera (dcha.). Abajo, el pueblo de colonización de Entrerríos, Badajoz (izda.) y el pueblo repoblado de Fraguas (dcha.). Fuente: en orden, *Cafedelasciudades.com*, Olmedo Granados (2000), Diputación de Badajoz y *Todoporhacer.org*

3.3.2. Heterotopías prácticas del bar del pueblo

Lewis Mumford, que como pensador de utopías posibles nos ha acompañado desde casi el inicio del ensayo, dedicaba estas bellas palabras al potencial de toda comunidad humana:

> Cualquier comunidad posee, además de sus instituciones vigentes, toda una reserva de potencialidades,

> en parte enraizadas en su pasado, vivas todavía aunque ocultas, y en parte brotando de nuevos cruces y mutaciones que abren el camino a futuros desarrollos (2013, pág. 14).

Repasemos las lógicas y prácticas cotidianas de la España vaciada desde un prisma utópico, que escapa temporalmente de los controles sociales más anquilosados. ¿Podemos razonar que las peñas de Castilla y León, la espichá asturiana o las foliadas gallegas, por citar varios ejemplos, producen «zonas temporalmente autónomas» en la terminología de Hakim Bey? ¿En qué espacios y eventos podemos observar la «reserva de potencialidades» que poseen los pueblos, pedanías y aldeas de la España vaciada? Asumamos como punto de partida lo que ya anunciábamos en la introducción: que podemos trazar un mapa de arreglos más o menos institucionales, más o menos punk, que se están desarrollando alrededor de los bares de muchos pueblos para revertir su decadencia y cierre.

Por comenzar por las más comunes, pero al tiempo menos interesantes políticamente, existen toda una serie de medidas recientes que se podrían incluir en una «vía liberal-institucional» y que son las que más se referencian en la prensa a nivel estatal. Aquí incluiríamos el caso de Hontanar, un pueblo de menos de ciento cincuenta habitantes de la provincia de Toledo que se hizo famoso al ofrecer su ayuntamiento vivienda gratis, gastos compartidos de luz y gas y un canon de tan solo doscientos euros mensuales para quien se ofreciera a gestionar el único bar del municipio (*El Digital Castilla-La Mancha*, 2023). También en Castilla-La Mancha se dio a conocer el caso de Irueste (Guadalajara), que tras la jubilación del dueño del bar ofreció un alquiler simbólico de diez euros mensuales, casa gratis y gastos compartidos de luz y gas a quien se ocupase del establecimiento (Monge Ranz, 2024). En esta misma línea saltó a la televisión el caso de Duruelo, en Segovia, un municipio de ciento cuarenta habitantes cuyo bar ha sobrevivido gracias a un paquete de ayudas para estos negocios rurales de la Junta de Castilla y León[6].

La relativa notoriedad de estas iniciativas ha despertado curiosidad en muchos otros pueblos de la España vaciada que afrontarán en los próximos meses o años situaciones similares. Con similar presencia en medios se han desarrollado otras

6 Vehiculado por la *Orden PRE/1038/2024, de 16 de octubre, por la que se resuelve la concesión de subvenciones a los municipios con población igual o inferior a 200 habitantes para el mantenimiento de los centros de ocio y convivencia, con cargo a la Cooperación Económica Local General del año 2024*.

iniciativas que podríamos calificar como parte de una «vía voluntarista», más cercana a posiciones utópicas sobre la potencialidad del medio rural y discípula no reconocida del secular tópico de la «vuelta al campo». Bajo este paraguas podrían incluirse proyectos individuales como el de Noelia Ortega, que decidió en 2023 marcharse con su familia de Lloret de Mar y encargarse del único bar de Yátor, una pedanía en la alpujarra granadina con sesenta habitantes (Ortega, 2023), o el de Víctor Hierrezuelo, un chef que se puso al frente del restaurante de sus abuelos en Sedella (Málaga), un pueblo de seiscientos habitantes (Sánchez, 2024).

El relato no cambia en la vía voluntarista: hombres y mujeres jóvenes de entornos urbanos, con estudios o profesiones estables, hacen la maleta y se mudan a un pueblo pequeño con el que guardan relación familiar para «salvarlo», «darlo a conocer» o de forma más genérica «cambiar las cosas». Sirvan de manifiesto las historias subidas al perfil de Instagram *@repoblando*, que narra uno de estos proyectos voluntaristas:

> Enseñamos nuestro día a día para demostrar al mundo que la vida en el pueblo no es para nada aburrida, como suele pensar la gente. Queremos inspirar a otras personas a hacer lo mismo que nosotros, cambiar la

> ciudad por el pueblo. Y sobre todo defender y promover... el mundo rural.
>
> [...] Desde septiembre de 2023 vivimos en un pueblo de Soria de 10 habitantes. En este pueblo nacieron nuestros abuelos, por lo que nosotros siempre hemos venido a pasar el verano, y como siempre nos ha encantado este estilo de vida... hemos decidido quedarnos a vivir todo el año.
>
> [...] Somos 10 personas durante el año y más de 100 en verano. Somos las dos personas más jóvenes del pueblo, el resto tienen más de 50 años. [...] Solo tenemos un bar que lo llevamos entre todo el pueblo, tenemos llaves y lo abrimos cuando queremos (Instagram, @repoblando).

La última referencia, ese bar que llevan entre todo el pueblo, nos lleva a una vía diferente y mucho más interesante que se aleja bastante de estas últimas iniciativas neorrurales utópicas algo estériles a nivel político. A falta de una vía intervencionista o «progresista» en el sentido de Choay (1983), se ha ido desarrollando una «vía de la autogestión» fruto de la necesidad en muchos pueblos que no han recibido aún la visita de urbanitas neorrurales, pero también resultado de la voluntad autoorganizativa y la intención de desarrollar prácticas alternativas de ocio y reunión. Resuena el caso de las «casas de préstamo» en Oleiros (A Coruña), relatado por Anna Pacheco (2024), que pueden reservarse de forma gratuita por las vecinas para celebrar reuniones, encuentros o fiestas. Más cerca al universo bar se podría destacar Tene, un pueblo de Quirós (Asturias) donde ante la ausencia de bares una asociación vecinal creó en la antigua escuela un espacio de encuentro autogestionado donde sus habitantes pueden ir a jugar a las cartas, tomar algo de beber o comer que traen ellos mismos u organizar todo tipo de eventos, operando *de facto* como el bar del pueblo. O algunas iniciativas que pese a proponerse desde el ayuntamiento tienen una clara vocación cooperativa: en Buciegas (Cuenca, cuarenta y cinco habitantes) el bar se abre bajo demanda de los y las vecinas, se paga con fondos del erario municipal y comparte espacio con el consultorio médico. Santa María del Val (Cuenca, sesenta y cinco habitantes) también ha hecho del bar «a demanda» su modelo, y lo gestiona el propio alcalde con la ayuda de otros vecinos/as y voluntarios/as (Castellote, 2022)[7], poniendo de manifiesto

7 La cantidad de alcaldes y alcaldesas de municipios de la España vaciada que a la vez son dueños/as del bar del pueblo supone un fenómeno que podría oponerse al modelo, mucho más caciquil, del alcalde-señorito-terrateniente.

una vez más la enorme importancia del dispositivo-bar en estas comunidades. Sirva como anécdota lo que ocurrió en Jabaloyas (Teruel, setenta y cuatro habitantes), donde el concejo abierto del pueblo echó a través de una moción de censura al que había sido alcalde durante los últimos doce años por cerrar el único bar del pueblo (Ortega, 2020).

La lista de recortes de prensa seguiría hasta agotarnos. Podríamos hablar de Villar del Infantado (Cuenca, treinta habitantes), donde varias personas tienen la llave de un bar que también funciona como tienda y panadería. O de Calabazas de Fuentidueña (Segovia, treinta y cinco habitantes), donde desde hace cuarenta años el bar del pueblo es completamente autogestionado a través de una asociación de vecinos con la máxima de «Uno viene, se sirve y deja el dinero en la caja». O de La Nuez de Abajo (Burgos, veintiséis habitantes), cuyo sistema de autogestión se articula en torno a cuotas de asociación de diez euros y cartillas de consumición (Roiz, 2024). La vía de la autogestión no promete renaceres espectaculares o arcadias felices del turismo rural, pero sí conserva los bares de la España vaciada impulsándolos desde su núcleo fuerte, su carácter de infraestructura social y de encuentro, de espacio del estar juntas para las vecinas y vecinos.

3.4. Heterotopía tabernaria. Formulando una Ley de Casas Públicas Rurales

Este es el panorama del archipiélago tabernario rural, que participa sin saberlo de debates filosóficos, utopías iluministas y potencialidades emancipatorias populares. ¿Qué tipo de texto legal podría afianzar y proteger prácticas en riesgo de desaparecer, de una parte, e incentivar otras tantas que pudieran aparecer, de otra? Normativamente, debemos buscar un espacio que articule los elementos que señalábamos en el capítulo anterior:

- La potencial redistribución de recursos (materiales, informativos y comunicativos) del municipio en el establecimiento, pero también el reconocimiento a colectivos y subjetividades tradicionalmente apartados de los bares, en especial mujeres y minorías étnicas y sexuales.
- El equilibrio entre atmósferas comensal-comunitarias y atmósferas público-republicanas del estar juntas, facilitando el encuentro entre afines, pero también la convivencia entre diferentes.
- La posibilitación, en definitiva, de una asamblea cotidiana pluralista que piense desde el derecho de aparición y expresión en los términos tanto de quienes

normalmente han habitado los bares como de quienes quieren hacerlo, pero no han podido hasta ahora.

La conciliación de estas premisas normativas con los elementos básicos de la sociabilidad ordinaria en los bares (como decíamos: polivalencia, barrera de entrada baja, carácter intergeneracional, espacio de encuentro) debería lograrse a través de una pragmática experimental y popular, que sea capaz de escuchar las diferencias entre municipios o subculturas rurales y dejarlas hablar y participar de la construcción de estas casas públicas rurales. Una labor tan compleja puede articularse en torno al concepto jurídico-arquitectónico de *equipamiento urbano*, ya que reconoce a los bares como infraestructuras sociales (Klinenberg, 2021) y espacios de cohesión social[8], pero al tiempo es lo suficientemente amplio como para permitir que estas características se puedan desarrollar de forma situada en cada territorio.

En la España vaciada los espacios comerciales del comer y beber en compañía funcionan en la práctica

8 Del estudio de Klinenberg destaca sobre todo el papel que las infraestructuras sociales desempeñan en situaciones catastróficas como olas de calor o inundaciones a la hora de acoger, recibir ayuda y redistribuir servicios.

como equipamientos urbanos donde se desarrollan por ejemplo los servicios sociales comunitarios y de proximidad (Asociación de directoras y gerentes de servicios sociales de España, 2022) o se reúnen asociaciones y organizaciones de todo tipo. La propuesta nuclear de una Ley de Casas Públicas Rurales supondría, por lo tanto, regular los bares de municipios de menos de doscientos cincuenta habitantes como un equipamiento urbano *público*, que pudiese funcionar acorde a los principios antes descritos de facilitación social y no exclusión. Esto pone la propuesta en la línea de otra corriente utópica: la de las *kitchenless houses*, casas planteadas por feministas de la *Belle Époque* como Charlotte Perkins Gilman o Victoria Woodhull que sustituían cocinas y comedores privados por equipamientos comunales que liberasen a las mujeres de la dominación doméstica y al tiempo fomentasen la vida comunitaria (Davies, 2023; Hayden, 1982).

El principal problema de este planteamiento es la difícil definición de la idea de «equipamiento urbano» en la arquitectura o en la ley, ya que como con el caso de la pública concurrencia[9] se trata de un término

9 Muy utilizado en la Ley de Ordenación de la Edificación y en otros códigos técnicos, el de *pública concurrencia* es un término que se asigna a todo espacio privado o público en el que

extremadamente utilizado en los textos técnicos, pero no necesariamente definido legalmente. Para salir del brete, podemos centrarnos en los condicionantes de edificabilidad de un equipamiento urbano o bien atenernos a definiciones algo más académicas.

El primer camino, más finalista, es sencillo. Equipamiento urbano es aquello que se edifica en un suelo dotacional: una categoría urbanística presente en la normativa de ordenación del territorio que establece que un determinado suelo debe ser empleado para usos con finalidad pública u orientados a un bien común. De este modo, un equipamiento urbano público será toda instalación que se construya o gestione por la administración pública, viéndose limitada su utilización con otros fines o su recalificación con ánimo de lucro. En cuanto al segundo camino, algo más analítico, lo podemos resumir a partir de un texto de las arquitectas Ángela Franco y Sandra Zabala (2012), que definen los equipamientos urbanos como objetos, elementos arquitectónicos y hechos urbanos que representan usos colectivos

---

hay afluencia de personas externas al mismo, de un museo a un bar. La única definición de pública concurrencia fue derogada por una sentencia del Tribunal Supremo en 2010, aunque en ausencia de otra se sigue utilizando en multitud de textos técnico-jurídicos.

y suplen algunas necesidades básicas de los/as ciudadanos/as. Si sumamos el carácter popular y participativo que queremos enfatizar en este trabajo, cabría añadir a la definición que dichos equipamientos se articulan, desarrollan y organizan de manera experimental, asociativa y autogestionada.

¿Qué supondría plantear legalmente este modelo de bares como equipamientos urbanos públicos en el medio rural? Ante todo, plantear una ley marco, traducible y ejecutable a nivel autonómico y sostenida por derechos fundamentales de la Constitución como el derecho a participar en asuntos públicos (Art. 23), el derecho a la adecuada utilización del ocio (Art. 43) o incluso la garantía de conservación del patrimonio cultural de los pueblos de España (Art. 46). En cuanto a referentes legales comparables, encontramos leyes similares relativas a otras infraestructuras sociales reconocidas como el Real Decreto 582/1989, sobre el Sistema Español de Bibliotecas, o la Ley 16/1997, de Regulación de Servicios de las Oficinas de Farmacia, que establece la ratio obligatoria de una farmacia por cada dos mil ochocientos habitantes. La idea de la ratio obligatoria como forma de regular una infraestructura social se encuentra también en diversas leyes autonómicas respecto a los centros de salud, o en las recomendaciones de la

Federación Internacional de Asociaciones de Bibliotecarios y Bibliotecas (que plantean el ideal de una biblioteca por cada cinco mil habitantes), y podría utilizarse en la formulación inicial de nuestra propuesta legal ligándola a núcleos poblacionales en lugar de a un número determinado de habitantes.

El contenido de una Casa Pública Rural se puede sustantivar en base a los siguientes principios básicos, desarrollados en parte en base a las recomendaciones de Franco y Zabala (2012):

1. *Suficiencia*. Referido en cuanto a la ratio mínima de establecimiento por *núcleo poblacional*, entendiendo este último como una unidad mínima de convivencia que varía entre territorios, pudiendo tratarse de una entidad municipal, pueblo, pedanía, aldea u otro.
2. *Adecuación*. Que cuente con los servicios y equipamientos mínimos que se pueden esperar de un espacio comercial del comer y beber en compañía, tanto los estipulados por la ley actual como los derivados de esta investigación y de otras futuras. Que cuente con espacios de acceso general, de pública concurrencia, y con espacios disponibles para reservar gratuitamente por parte de las y los vecinos de cara a celebraciones, reuniones, etcétera. Que siempre que sea posible cuente con zona interior y zona exterior.

3. *Accesibilidad*. Que tenga en consideración los preceptos de movilidad universal establecidos por la Ley 51/2003, de 2 de diciembre, de igualdad de oportunidades, pero que, además, reconsidere el polémico concepto del *derecho de admisión* de la forma más laxa posible, permitiendo de entrada el acceso a toda persona que así lo desee e incentivando la eliminación de barreras históricamente presentes como las de género, clase o etnicidad.
4. *Integración-participación*. Que esté integrado social, territorial y estéticamente en el núcleo poblacional del que forma parte. Que, en caso de necesitarse un diseño o planificación del espacio, la toma de decisiones al respecto sea democrática y participativa entre los y las vecinas del pueblo. Del mismo modo, que la forma de gestionar el espacio sea decidida popularmente para permitir asambleas pluralistas y no estéticas del consenso.
5. *Conexión*. Que las Casas Públicas Rurales estén conectadas a los principales medios de comunicación, tanto por cable como a través de internet u otros formatos físicos, pero que también estén conectadas entre sí. Que para este último propósito se ponga en marcha una Red Online de Casas Públicas Rurales donde compartir experiencias, problemas y soluciones tanto de los propios establecimientos como de los municipios donde se ubican.

Para la implementación se puede apostar por una fase previa de investigación de la situación real de los espacios comerciales del comer y beber en compañía en los municipios de menos de doscientos cincuenta habitantes, y a continuación entrar en una fase de aplicación que ofrezca a aquellos pueblos que lo soliciten la adhesión al programa si así lo desean, priorizando aquellos núcleos poblacionales que no tienen bar. En cuanto a la financiación de las Casas Públicas Rurales, se puede proceder a través de varias vías:

1. Creando un fondo específico para estas infraestructuras sociales dentro del Ministerio para la Transición Ecológica y el Reto Demográfico destinado a tal fin, cofinanciado por fondos europeos como los del programa LEADER o la PAC.
2. Planteando modelos de cesión municipal de suelo por parte de los municipios inscritos al programa, rehabilitando como se está haciendo ya edificios en desuso (por ejemplo, antiguos teleclubs o escuelas rurales).
3. Fomentando la gestión del espacio a través de cooperativas municipales de vecinos/as y asociaciones que reinviertan las ganancias en el propio proyecto.
4.Implicando a la comunidad a través de diferentes mecanismos de autogestión, desde cuotas de socio/a simbólicas hasta patrocinios de pequeñas empresas

y negocios locales a cambio de espacios publicitarios e informativos.
5. Negociando los precios a proveedores a nivel autonómico para todas las Casas Públicas Rurales, permitiendo un coste menor del abastecimiento diario.
6. Celebrando actividades que impliquen a la comunidad local, desde las fiestas locales a conciertos, talleres o reuniones.

El papel de los ayuntamientos que se adhieran al Programa de Casas Públicas Rurales será fundamental tanto para la gestión como para la organización de estas, siempre que se ajusten a los criterios mencionados (en especial al de integración-participación). Al mismo tiempo, estos serán responsables de la adaptación al terreno tanto de la ley marco como de la implementación autonómica, decidiendo democráticamente acerca de los horarios, prácticas y usos concretos del espacio y colaboración con otras iniciativas locales. Sin menoscabo de la responsabilidad municipal, la ley marco podría establecer una serie de incentivos para que las Casas Públicas Rurales se rijan preferentemente por un modelo cooperativista que evite tanto su privatización a medio plazo como su dependencia única de subvenciones estatales. De igual modo se podrían establecer mecanismos de control y rendición de cuentas para evitar abusos en lo relativo al derecho de admisión, la participación pluralista o la convivencia entre atmósferas comensales y públicas, orientados todos ellos a no perder de vista la orientación de estos espacios como espacios de sociabilidad y al tiempo como espacios públicos comunitarios para el pueblo. A través de todas estas premisas, el Programa de Casas Públicas Rurales podría transformar a los bares de la España vaciada en laboratorios democráticos de innovación y experimentación social, interviniendo claramente en la visión del mundo rural como un lugar inclusivo, plural y potencialmente emancipador e incluso planteando ejemplos heterotópicos prácticos para las agotadas utopías urbanas.

4. IMAGINEMOS UNA CASA PÚBLICA RURAL

La distopía, como afirma Anna Pacheco (2024), se hace sola. Pero la utopía realizada, hemos visto aquí, puede afilar sin quererlo las puntas de un dado cargado ideológica y culturalmente. Quedémonos entonces con que una Ley de Casas Públicas Rurales facilitaría las heterotopías, unas heterotopías idiotas en el sentido cosmopolítico de Isabelle Stengers (2014): aquellas realizaciones que, a la manera del idiota, murmuran y eventualmente transforman no las razones o las verdades sino la manera en que se presentan dichas razones y verdades.

Volvamos, para ir acabando, a la imagen del bar como un dispositivo cultural, una respuesta a la urgencia humana del estar juntas. Lanzándola al futuro, imaginemos por un momento una de estas heterotopías en marcha, un «liceo» rural que tras varios meses de ensayo-error, alguna que otra trifulca y momentos de tensión se ha puesto por fin a funcionar a pleno rendimiento. Proyectémoslo en un pequeño pueblo de cien habitantes de Cuenca, uno de los 1.435 que carecían de bar hace dos años según el informe sobre la dimensión social de la hostelería (2022). Es viernes a mediodía, y en la antigua escuela rural, dos mesas a la puerta y un cartel nuevo anuncian que vuelve el bar. Miriam, que va al instituto en un pueblo algo más grande de la comarca, entra a ver si sus primos están ya sentados. Su tío abuelo le saluda, algo taciturno, desde la mesa del fondo. No le hizo mucha gracia cuando en el pueblo se decidió que la partida de todas las tardes seguía, pero bajando un poco las voces y los golpes que daban los seis parroquianos. Miriam le entiende, pero desde que el bar funciona otra vez se siente más cómoda. De hecho, acompaña todos los sábados por la mañana al club de lectura a su madre y aprovecha para llevar un par de cajas de verduras que su padre pone ahí a la venta. Hoy, igualmente, es un día especial, y Miriam lo sabe: desde hace dos semanas está intercambiando mensajes con varias casas públicas de la comarca y va a intentar lanzar un ciclo de charlas sobre historia de las mujeres de la provincia. Su amiga Sandra le dice que la gente no va a ir, que va a ser un fracaso. Pero Miriam tiene una corazonada, y sabe que cuenta con el apoyo de gente en seis pueblos a la redonda. Hoy quiere informarse sobre un plan estatal del Ministerio de Igualdad, pero antes va a tomar unas tapas con sus primos, que van a echar el fin de semana. Últimamente vienen más al pueblo, dicen que se respira vida.

Decisiones alimentarias y políticas, planes de actividades, reencuentros y comercio de cercanía. Redes de cuidado, intercambio y decisión. Gente sola, que está acompañada. Hemos analizado a lo largo del ensayo cómo el bar puede llegar a ser un espacio articulador de comunidades, conflictos y resistencias, y cómo la España vaciada es, en su riqueza y variedad, una oportunidad para innovar. Según el INE, hay 1.374 pueblos con menos de ciento uno habitantes. Siendo maximalistas, pensemos en esos 1.374 pueblos convirtiéndose en 1.374 experimentos políticos y sociables del estar juntas, en heterotopías rurales imperfectas pero activas que investigan y profundizan en las cuitas de la convivencia y del conflicto desde una estimulante y enriquecedora diversidad: aquí se pone en marcha una red de consumo, allí una asociación cultural, en el otro lado un centro de artesanía o un torneo de cartas. Si una

Ley de Casas Públicas Rurales pudiera sembrar esta semilla uniendo pragmatismo y utopía, supondría una oportunidad de poner en práctica el «derecho al pueblo», reformulando por completo los sentidos de comunidad, pertenencia e identidad en el medio rural. La cuestión no es «salvar» tal o cual bar o tal o cual pueblo. El desafío está en reinventar, desde sus propios medios, las potencialidades utópicas que tenemos delante y que no somos capaces de ver, asfixiados con el imposibilismo imperante del capitalismo tardío. Entender, en definitiva, que hemos tenido plazas, calles y casas comunes, públicas, siempre. Es la hora de reivindicarlas, no solamente como memoria colectiva, sino como futuro posible.

BIBLIOGRAFÍA

Ahmed, S. (2019). *Fenomenología queer. Orientaciones, objetos, otros*. Edicions Bellaterra.

Althusser, L. (1989). Ideología y aparatos ideológicos del Estado (Notas para una investigación). En L. Althusser, *La filosofía como arma de la revolución*. Siglo XXI.

Anderson, B. (1993). *Comunidades imaginadas. Reflexiones sobre el origen y la difusión del nacionalismo*. Fondo de Cultura Económica.

Arendt, H. (1993). *La condición humana*. Paidós.

Asociación de directoras y gerentes de servicios sociales de España. (2022). *La dimensión social de la hostelería. Implantación de la hostelería en el territorio nacional: la España llena de bares*. Habitat.

Bauman, Z. (2017). *Retrotopía*. Paidós.

Berraquero, L. (2016). Tres caras de la Sevilla neoliberalizada. Turistización, mallificación y baretización del espacio público. *El Topo*. https://eltopo.org/tres-caras-de-la-sevilla-neoliberalizada/

Bey, H. (2014). *Zona Temporalmente Autónoma*. Enclave .

Bryman, A. (1999). The Disneyization of Society. *The Sociological Review, 47*(1), 25-47. https://doi.org/https://doi.org/10.1111/1467-954X.00161

Cabras, I. (2016). «Pillars of the Community»: Pubs and Publicans in Rural Ireland. En I. Cabras, D. Higgins, y D. Preece, *Brewing, Beer and Pubs: A Global Perspective* (págs. 282-302). Springer.

Cabras, I., y Mount, M. P. (2017). How third places foster and shape community cohesion, economic development and social capital: The case of pubs in rural Ireland. *Journal of Rural Studies, 55*, 71-82. https://doi.org/https://doi.org/10.1016/j.jrurstud.2017.07.013

Camarero, L. (2017a). Territorios encadenados, tránsitos migratorios y ruralidades adaptativas. *Mundo Agrario, 18*(37), 1-18. https://doi.org/https://doi.org/10.24215/15155994e044

Camarero, L. (2017b). Trabajadores del campo y familias de la tierra. Instantáneas de la desagrarización. *Ager*(23), 163-195. https://doi.org/https://doi.org/10.4422/ager.2017.01

Camarero, L., y Sampedro, R. (2008). ¿Por qué se van las mujeres? El continuum de movilidad como hipótesis explicativa de la masculinización rural. *REIS. Revista Española de Investigaciones Sociológicas*(124), 73-105. https://doi.org/https://doi.org/10.5477/cis/reis.124.73

Campo Vidal, M. (2020). *La España despoblada. Crónicas de emigración, abandono y esperanza.* Sagesse.

Campos Salvaterra, V. (2023). *Pensar/Comer. Una aproximación filosófica a la alimentación.* Herder.

Cárdenas Alonso, G., y Nieto Masot, A. (2022). Mapping the Optimal Rural Areas to Invest in through the LEADER Approach: Case Study—Extremadura (SW Spain). *Land, 11*(8), 1191. https://doi.org/https://doi.org/10.3390/land11081191

Castellote, J. M. (19 de marzo de 2022). Bares que se autogestionan en la España vaciada. *Castilla-La Mancha Media*. https://www.cmmedia.es/tv/en-profundidad/bares-autogestionan-espana-vaciada.html

Cazorla Sánchez, A. (2024). *Los pueblos de Franco. Mito e historia de la colonización agraria en España, 1939-1975.* Galaxia Gutemberg.

Cefaï, D. (2002). Qu'est-ce qu'une arène publique ? Quelques pistes pour une approche pragmatiste.

En D. CefaÍ, e I. Joseph, *L'héritage du pragmatisme. Conflits d'urbanité et épreuves de civisme.* Editions de l'Aube.

Cefaï, D. (2011). Vers une ethnographie (du) politique. Décrire des ordres d'interaction, analyser des situations sociales. En M. Berger, D. Cefaï, y C. Gayet-Viaud, *Du civil au politique: Ethnographies du vivre-ensemble* (págs. 545-598). Peter Lang.

Cejudo-García, E., Navarro-Valverde, F., y Cañete-Pérez, J. A. (2022). Who Decides and Who Invests? The Role of the Public, Private and Third Sectors in Rural Development according to Geographical Contexts: The LEADER Approach in Andalusia, 2007–2015. *Sustainability, 14*(7), 3853. https://doi.org/https://doi.org/10.3390/su14073853

Choay, F. (1983). *El urbanismo, utopías y realidades.* Lumen.

Conn, S. (2014). *Americans against the City. Antiurbanism in the Twentieth Century.* Oxford University Press.

Cortés Ruiz, M., e Ibar Alonso, R. (2021). Vulnerabilidad y resiliencia en la España Vaciada. *Revista Electrónica de Comunicaciones y Trabajos de ASEPUMA, 22*, 63-75. https://doi.org/https://doi.org/10.24309/recta.2021.22.2.01

Couceiro, A. (25 de 09 de 2023). 'Gastrificación' o por qué acabamos comiendo exactamente lo mismo en cualquier restaurante. *ElDiario*. https://www.eldiario.es/viajes/gastrificacion-gentrificacion-gastronomia_1_10542001.html

Davies, S. (2023). The «kitchenless house». En M. Russo, A. Argandoña, y R. Peatfield, *Happiness and Domestic Life. The Influence of the Home on Subjective and Social Well-Being* (págs. 181-196). Routledge.

Del Molino, S. (2016). *La España Vacía. Viaje por un país que nunca fue.* Turner.

Del Río, M. J. (1988). Represión y control de fiestas y diversiones en el Madrid de Carlos III. En Equipo Madrid, *Carlos III, Madrid y la Ilustración. Contradicciones de un equipo reformista* (págs. 299-329). Siglo XXI.

Descom, E. (2023). *Informe DESCOM 2023: Desiertos informativos en Castilla-La Mancha.* Cuenca: Facultad de Comunicación UCLM. Retrieved 22 de agosto de 2024, from https://storymaps.arcgis.com/stories/53e907b155d74c94a94003a691c69218

El Digital Castilla-La Mancha. (29 de noviembre de 2023). Ofrecen casa gratis a quien gestione el único bar de este pueblo de Toledo. *El*

Español. https://www.elespanol.com/eldigitalcastillalamancha/region/toledo/20231129/ofrecen-casa-gratis-gestione-unico-bar-pueblo-toledo/813418861_0.html

Elias, N. (2016). *El proceso de civilización: investigaciones sociogenéticas y psicogenéticas.* Fondo de Cultura Económica.

Escalera Reyes, J. (1990). *Sociabilidad y asociacionismo: estudio de antropología social en el Aljarafe sevillano.* Diputación de Sevilla.

Fernandes, T. (2009). *Patterns of Associational Life in Western Europe, 1800-2000.* European University Institute.

Fernández, J. I. (14 de 11 de 2022). Castilla y León se vacía de vida: 780 pueblos no tienen bar. *El Español*. https://www.elespanol.com/castilla-y-leon/sociedad/20221114/castilla-leon-vacia-vida-pueblos-no-bar/717178439_0.html

Fischler, C. (2011). Commensality, society and culture. *Social Science Information, 50*(3-4), 528-548. https://doi.org/https://doi.org/10.1177/0539018411413963

Fisher, M. (2016). *Realismo capitalista. ¿No hay alternativa?* Caja Negra.

Flores Soto, J. A. (2013). La construcción del lugar. La plaza en los pueblos del Instituto Nacional de

Colonización. *Historia Agraria, 60*, 119-154. https://doi.org/https://oa.upm.es/23024/

Foucault, M. (1994). *Dits et écrits 1954 – 1988 III.* Gallimard.

Foucault, M. (2004). Des espaces autres. *Empan, 2*(54), 12-19. https://doi.org/https://doi.org/10.3917/empa.054.0012

Franco Calderón, Á., y Zabala Corredor, S. (2012). Los equipamientos urbanos como instrumentos para la construcción de ciudad y ciudadanía. *dearq, 11*, 10-21.

Fraser, N., y Honneth, A. (2006). *¿Redistribución o reconocimiento? Un debate político-filosófico.* Ediciones Morata.

Gilmore, D. D. (1985). The Role of the Bar in Andalusian Rural Society: Observations on Political Culture under Franco. *Journal of Anthropological Research, 41*(3), 263-277. https://doi.org/https://doi.org/10.1086/jar.41.3.3630594

Guitarte Gimeno, T. (2023). *Proposición de Ley por la que se modifica la Ley 5/2011, de 29 de marzo, de Economía Social.* Agrupación de Electores Teruel Existe.

Gutiérrez Cueli, I. (2023). *Venir de barrio. Estrategias familiares, espacio y clase en los PAU de Madrid.* CSIC.

Habermas, J. (2016). *Historia y crítica de la opinión pública. La transformación estructural de la vida pública*. Gustavo Gili.

Haraway, D. (1991). *Ciencia, cyborgs y mujeres. La reinvención de la naturaleza*. Cátedra.

Harvey, D. (2008). El derecho a la ciudad. *New Left Review, 53*, 23-39.

Hayden, D. (1982). *The Grand Domestic Revolution: A History of Feminist Designs for American Homes, Neighborhoods and Cities*. The MIT Press.

Hernández Flores, J., Díaz Puente, J., y Bettoni, M. (2024). Contribution of Leader Community Initiative to People's Quality of Life: A Case of Thirty Years Application in Rural Spain. *European Countryside, 16*(2), 183-203. https://doi.org/10.2478/euco-2024-0011

Hidalgo García de Orellán, S. (2018). *Emociones obreras, política socialista: movimiento obrero vizcaíno (1886-1915)*. Editorial Tecnos.

Jacobs, J. (2013). *Muerte y vida de las grandes ciudades*. Capitán Swing.

Jover, J., Barrero, M., y Díaz, I. (2023). 'All our eggs in one basket': touristification and displacement amidst the pandemic in Seville, Spain. *City, 27*(5-6), 829-849. https://doi.org/https://doi.org/10.1080/13604813.2023.2225233

Klinenberg, E. (2021). *Palacios del pueblo. Políticas para una sociedad más igualitaria.* Capitán Swing.

Latour, B. (2005). From Realpolitik to Dingpolitik or How to Make Things Public. En B. Latour, y P. Weibel, *Making things public. Atmospheres of democracy.* ZMK.

Lefebvre, H. (1973). *El derecho a la ciudad.* Península.

Lefebvre, H. (2013). *La producción del espacio.* Capitán Swing.

Lens, F., Quiles, P., y Sanmillán, C. (2020). *La España abandonada.* Editorial Jonglez.

Llamosas-Falcón, L., Manthey, J., y Rehm, J. (2022). Cambios en el consumo de alcohol en España de 1990 a 2019. *Adicciones, 34*(1), 61-72. https://doi.org/https://doi.org/10.20882/adicciones.1400

López de Lucio, R. (2012). *Vivienda colectiva, espacio público y ciudad : evolución y crisis en el diseño de tejidos residenciales, 1860-2010.* Nobuko.

López, J. D. (2022). *La España de las piscinas. Cómo el urbanismo neoliberal ha conquistado España y transformado su mapa político.* Arpa.

Lussault, M., y Stock, M. (2009). «Doing with space»: towards a pragmatics of space. *Social Geography Discussions, 5*(1), 11-19.

McDonough, P., Barnes, S. H., y López Pina, A. (1984). Authority and Association: Spanish Democracy in Comparative Perspective. *The Journal of Politics, 46*(3), 652-688. https://doi.org/https://doi.org/10.2307/2130851

Miessen, M. (2014). *La pesadilla de la participación.* dpr.

Monge Ranz, B. (27 de febrero de 2024). El pequeño municipio de Irueste vuelve a abrir su bar. *La Tribuna de Guadalajara*. https://www.latribunadeguadalajara.es/noticia/z2e8aabc1-c0cb-d452-ac8b6623abcbc11e/202402/el-pequeno-municipio-de-irueste-vuelve-a-abrir-su-bar

Moreno, C. (2020). *Droit de cité. De la 'ville monde' à la 'ville du quart d'heure'.* Éditions de l›Observatoire.

Moreno, C. (2023). *La revolución de la proximidad.* Alianza Editorial.

Mouffe, C. (2007). *En torno a lo político.* Fondo de Cultura Económica.

Mumford, L. (2013). *Historia de las Utopías.* Pepitas de Calabaza.

Mundo Estrella Galicia. (8 de noviembre de 2024). *https://mundoestrellagalicia.es/.* https://

mundoestrellagalicia.es/que-es-el-feismo-gallego-causas-y-caracteristicas/

Nogué i Font, J. (2006). Paisaje, identidad nacional y sociedad civil en la Cataluña contemporánea. En N. Ortega Cantero , A. López Ontiveros, y J. Nogué i Font, *Representaciones culturales del paisaje. Y una excursión por Doñana* (págs. 41-58). Ediciones UAM.

Olmedo Granados, F. (2000). *Cortijos, haciendas y lagares. Arquitectura de las grandes explotaciones agrarias de Andalucía.* Junta de Andalucía.

Ortega, G. (7 de diciembre de 2023). Una joven catalana se mete en un 'fregao' y monta un bar en un pueblo perdido de la Alpujarra granadina. *ABC*. https://www.abc.es/espana/andalucia/granada/noelia-mete-fregao-monta-bar-pueblo-perdido-20231207153421-nts.html

Ortega, J. (5 de noviembre de 2020). Echan al alcalde por cerrar el único bar del pueblo. *El Mundo*. https://www.elmundo.es/espana/2020/11/05/5fa4236221efa052278b45b2.html

Ostrom, E. (2000). *El gobierno de los bienes comunes. La evolución de las instituciones de acción colectiva.* Fondo de Cultura Económica.

Pacheco, A. (2024). *Estuve aquí y me acordé de nosotros. Una historia sobre turismo, trabajo y clase.* Anagrama.

Pardo, M. (11 de marzo de 2019). El 8M: primera manifestación en la historia en una pequeña aldea gallega de 60 habitantes. *ElDiario.es*. https://www.eldiario.es/galicia/movimientos_sociales/8m-feminismo-galicia-rural-loureiro_1_1654770.html

Poulain, J.-P. (2017). *Sociology of Food. Eating and the Place of Food in Society.* Bloomsbury.

Ramos Santana, A. (2012). Tabernas y cafés en la época de las Cortes de Cádiz. En Diputación de Cádiz, *Ocio y vida doméstica en el Cádiz de las Cortes* (págs. 173-201). Diputación de Cádiz.

Rancière, J. (1996). *El desacuerdo. Política y filosofía.* Ediciones Nueva Visión.

Rawls, J. (2006 [1971]). *Teoría de la justicia.* Fondo de Cultura Económica.

Riley, D. (2005). Civic Associations and Authoritarian Regimes in Interwar Europe: Italy and Spain in Comparative Perspective. *American Sociological Review, 70*(2), 288-310. https://doi.org/https://doi.org/10.1177/000312240507000205

Roiz, J. (25 de 02 de 2024). El bar, la última trinchera de la España vacía. *El País*. https://elpais.

com/eps/2024-02-25/el-bar-la-ultima-trinchera-de-la-espana-vacia.html

Rueda Córdoba, F. J. (2023). De la polivalencia a la segregación. Los espacios del comer-beber-en-compañía de 1759 a 1875. *Historia Social, 107*, 3-18.

Rueda Córdoba, F. J. (2024). *La producción de lo público en interacción. La sociabilidad ordinaria de los bares en Madrid [Tesis Doctoral].* Universidad Complutense de Madrid.

Sánchez, N. (25 de octubre de 2024). El cocinero que dejó los restaurantes de altos vuelos para salvar el bar de sus abuelos en el pueblo. *El País*. https://elpais.com/gastronomia/restaurantes/2024-10-25/el-cocinero-que-dejo-los-restaurantes-de-altos-vuelos-para-salvar-el-bar-de-sus-abuelos-en-el-pueblo.html

Sen, A. (2009). *The Idea of Justice.* Harvard University Press.

Sennett, R. (1994). *Carne y piedra. El cuerpo y la ciudad en la civilización occidental.* Alianza Editorial.

Shangay Lily. (2016). *Adiós, Chueca. Memorias del gaypitalismo: la creación de la «marca gay».* Akal.

Skinner, Q. (2002). A Third Concept of Liberty. *Proceedings of the British Academy, 117*, 237-268.

Soler Vaya, F., y San-Martín González, E. (2023). Impacto de la metodología Leader en el turismo rural. Una propuesta de análisis cuantitativo. *Investigaciones turísticas*(25), 250-271. https://doi.org/https://doi.org/10.14198/INTURI.21149

Sorando, D., y Ardura, Á. (2020). Procesos y dinámicas de gentrificación en las ciudades españolas. *Papers: Regió Metropolitana de Barcelona: Territori, estratègies, planejament, 60*, 34-47.

Sosa Troya, M. (04 de 11 de 2022). La España que tiembla si le cierran el bar. *El País*. https://elpais.com/sociedad/2022-11-04/la-espana-que-se-echa-a-temblar-por-quedarse-sin-bar-sin-el-el-pueblo-es-un-fantasma.html

Stengers, I. (2014). La propuesta cosmopolítica. *Revista Pléyade , 14*, 17-41.

Swyngedouw, E. (1997). Excluding the other: the production of scale and scaled politics. En R. Lee, y J. Wills, *Geographies of economies* (págs. 167-176). Arnold.

Taylor, C. (2006). *Fuentes del yo. La construcción de la identidad moderna*. Paidós.

Thompson, E. P. (2012). *La formación de la clase obrera en Inglaterra*. Capitán Swing.

Young, I. M. (1997). Communication and the Other: Beyond Deliberative Democracy. En I. M. Young, *Intersecting Voices. Dilemmas of Gender, Political Philosophy, and Policy* (págs. 60-74). Princeton University Press.

AGRADECIMIENTOS

A las que se cuentan desde los pueblos, a las que me abrieron las puertas de casas y bares, a las que ven el futuro en torno a una mesa compartida. Gracias por hacerme hueco.

El trabajo de investigación que dio lugar a este ensayo se ha realizado en el marco del Proyecto I+D «Problemas y públicos mediatizados: emociones y participación» (PID2021-123292OB-I00).

JAVIER RUEDA

Nació en Málaga, en 1992. Es sociólogo y politólogo. Su investigación se centra en cómo los espacios cotidianos —mercados, plazas, pequeños comercios— configuran formas de vida compartida, vehiculan el conflicto y producen los sentidos de lo común. Actualmente es profesor en la Universidad Complutense de Madrid.

¿ES POSIBLE?

Esta colección, asociada al premio «Utopías que caben en el BOE», está formada por libros breves, con propuestas políticas capaces de aunar un conocimiento técnico solvente, imaginación utópica y una capacidad propositiva no exenta de polémica. Son fantasías concretas, humildes propuestas: ¿qué pasaría si los niños pudieran votar?, ¿cómo sería un mundo que racionara los viajes turísticos?, ¿qué resultados daría un sistema universitario en el que un cupo de plazas no se diera por nota de corte, sino por sorteo?

Este libro está compuesto con la tipografía
Untitled Serif, tamaño 10,5 pt.
Se terminó de imprimir en los talleres de Kadmos
en abril de 2025.

Consorcio del Círculo de Bellas Artes